Luc Blanvillain

Le Million

Illustré par Rodolphe Duprey

neuf
l'école des loisirs
11, rue de Sèvres, Paris 6e

Loi n° 49.956 du 16 juillet 1949 sur les publications destinées à la jeunesse : octobre 2023
Dépôt légal : octobre 2023
Imprimé en France par Aubin Imprimeur à Ligugé

ISBN 978-2-211-33229-3

Pour ma première lectrice.

1

Le début

Je ne sais pas exactement quand toute cette histoire a commencé. C'est ce que je me suis demandé, quand j'ai décidé de la raconter. Parce qu'une histoire comme ça, soyons honnêtes, ça vaut la peine qu'on la raconte. Disons juste, sans rien dévoiler, qu'elle est à peu près aussi folle que, mettons, celle du *Titanic* ou des premiers humains sur la Lune.

Bon, pas tout à fait aussi folle, d'accord. Mais quand même, bien folle.

La maîtresse dit que, pour raconter une histoire, il faut choisir ses mots et *camper* les personnages. Je ne sais pas exactement ce que signifie « camper ». J'imagine toujours des gens sous une tente. Je viens de vérifier, non, c'est juste « présenter ».

Alors je présente. Moi, d'abord, même si je n'aime pas parler de moi, d'habitude. Je m'appelle Jeanne, j'ai dix ans, je suis en CM2. Jusque-là, j'avoue, on a du mal à croire que mon histoire vaut celle du *Titanic*, mais attendez, attendez.

Deuxième personnage : Théo. C'est mon copain, il est dans ma classe et nous sommes archi-différents. Il faudrait un autre mot. Opposés, par exemple. Nous sommes opposés comme le feu et la glace à la pistache, le saucisson et le fenouil, le Paris Saint-Germain et l'Olympique de Marseille. Ça, c'est une façon habile de révéler que Théo adore le foot.

Moi pas.

La maîtresse, quand elle nous apprend à *narrer* (c'est un mot plus chic que « raconter »), insiste sur le fait qu'il faut intéresser le lecteur tout de suite. Elle prétend qu'il faut le « happer ». J'ai vérifié aussi, ce mot veut dire

« attraper brutalement avec la gueule ou le bec ». C'est une drôle d'image de l'écrivain, je trouve. Comme s'il était un hibou et le lecteur une souris terrifiée.

Bon, alors je vais essayer de camper, de narrer et de happer. C'est difficile, parce que je suis un peu bavarde. Ça doit déjà se voir. Si j'étais un hibou, je pense que je discuterais avec la souris, pour lui laisser une chance de s'enfuir.

Revenons à Théo. Quand cette histoire commence, donc, je vois ses fesses.

Non, attendez, j'explique mal. On va croire que mon histoire est bizarre. Elle l'est, mais pas parce que les gens y montrent leurs fesses. Ce qu'il faut bien comprendre, c'est qu'au fond de la cour de récré il y a une espèce de petit buisson déplumé, chétif, et quand les gens veulent faire quelque chose d'interdit ils se cachent dedans mais leurs fesses dépassent. C'est assez ridicule. La maîtresse, chaque fois qu'elle voit un arrière-train entre les feuilles du buisson, sait qu'un élève s'y trouve, occupé à des trucs louches. Alors elle se dirige vers lui, l'attrape par la peau du pantalon et lui confisque son téléphone portable.

Oui, parce que le seul truc suspect qu'on puisse faire dans ce buisson, en fait, c'est regarder son portable. Normalement, les téléphones mobiles sont interdits dans l'école mais presque tout le monde – sauf moi – en planque un sur lui ou dans son sac.

Je n'aime pas trop les portables, Théo les adore.

Et donc, ce jour-là, c'était au mois d'octobre, quand j'ai vu scintiller dans le buisson le tissu flashy de son nouveau pantalon de jogging, j'ai su que Théo y traficotait sur son téléphone et qu'il allait avoir des ennuis. J'ai soupiré, parce que Théo est fatigant. Je l'adore mais il est toujours englué dans des magouilles. Il ne fait jamais ses devoirs, ment tout le temps, se trompe dans ses mensonges et ça finit mal. Enfin, pas très mal parce que la maîtresse est gentille. Elle le punit en l'obligeant à écrire des histoires. Et c'est toujours moi qui le fais. Voilà pourquoi j'ai un certain entraînement. Par exemple, là, j'ai réussi discrètement à respecter la règle d'or que la maîtresse nous a enseignée, pour bien commencer les récits : répondre aux questions où ? quand ? qui ? quoi ?

Où ? La cour de l'école, le buisson.

Quand ? Octobre.

Qui ? Théo, moi, et la maîtresse qui ne va pas tarder à s'apercevoir qu'il manigance quelque chose.

Quoi ? Je m'interpose entre la maîtresse et les fesses de Théo, pour tenter de le dissimuler, et lui éviter des ennuis qui finiront par me retomber dessus.

Ah oui. Il faut aussi insérer des dialogues, pour que ce soit plus vivant.

– Théo, j'ai dit, on te voit comme le nez rouge au milieu du visage d'un clown.

Son nouveau jogging est rouge vif.

– Une minute, il a répondu. J'ai presque fini.

– Qu'est-ce que tu fais ?

– Je regarde s'il n'y a pas une nouvelle annonce.

J'arrête le dialogue parce que je devine vaguement la suite : Théo va m'expliquer en détail des choses compliquées et des plans voués à l'échec. C'est sa principale activité dans la vie, imaginer des combines qui ne fonctionnent jamais, et me les expliquer. Ça m'énerve mais c'est aussi une des raisons pour lesquelles je l'adore. Autre règle d'or : les personnages doivent être un peu contradictoires, sinon ce sont des clichés et les clichés, c'est pour les quiches. (Je résume ce que dit la maîtresse. Ah, un point important, il faut éviter les parenthèses, c'est moche.)

Théo est sorti du buisson dans un bruit de branchettes cassées. Il n'est pas du tout respectueux de la nature, contrairement à ma grande sœur mais elle, je la camperai un peu plus tard, je ne dois pas embrouiller mon lecteur.

Après avoir enfoui son téléphone dans la

poche de son jogging (entre parenthèses, on le voyait très bien, il formait une grosse bosse vermillon), Théo s'est épousseté.

– Je t'explique, il a dit.

– Non, c'est pas la peine.

Mais il n'a pas tenu compte de ma réponse. Théo tient rarement compte de ce qu'on lui dit. Il m'a expliqué que ses parents lui avaient alloué une somme d'argent. Cinquante euros. Et avec ça, il avait le droit d'acheter ce dont il rêve. Mais, comme tous ses rêves coûtent beaucoup plus que cinquante euros, il avait obtenu l'autorisation de se connecter avec les codes de sa mère sur des sites de vente de produits d'occasion, et il passait tout son temps libre à guetter les annonces. Il espérait voir apparaître une paire de tennis stylées, ou la dernière version d'un téléphone, ou une trottinette géniale que quelqu'un, par miracle, revendrait pour trois fois rien.

Pour l'instant, le miracle ne s'était pas encore produit. Mais Théo y croyait à fond, cherchant la moindre occasion d'allumer son portable en douce. Le buisson, les toilettes (il demandait à aller faire pipi environ toutes les heures), les vestiaires avant et après la séance de gym, et ainsi de suite.

J'ai essayé de lui faire comprendre, en gardant mon calme :

– Pourquoi tu veux que quelqu'un se débarrasse pour MOINS de cinquante euros d'une paire de tennis qu'il aurait payée quatre fois PLUS ? Ça n'arrive jamais.

– Si, ça arrive. S'il l'a volée, par exemple, et que c'est pas sa pointure.

– Tu veux faire du business avec des voleurs, c'est ça ?

– Non, mais enfin, tu vois ce que je veux dire.

Je ne voyais pas bien, mais je n'ai pas répondu. De toute façon, c'était l'heure de retourner en classe. Il m'a demandé si j'aimais bien son nouveau jogging et j'ai dit oui pour lui faire plaisir. Théo est très coquet. Fou de fringues. Il passe une heure tous les matins à assortir ses vêtements. Je le sais, parce que ça m'arrive d'aller dormir chez lui. Nos parents sont amis, j'en reparlerai, je ne peux pas tout dire dans le premier chapitre.

Enfin, ils l'*étaient*. Avant cette histoire.

Ça, c'est une petite phrase pour créer du suspense. On doit en parsemer son récit. Toutes les deux pages, je dirais. Je vais essayer.

– Toi, par contre…, il a dit, avec un sourire de pitié.

– Quoi, moi ?

Mais je savais ce qu'il voulait dire. Ma tenue ne lui convenait pas. C'est parce que les habits m'indiffèrent. Je porte le plus souvent ceux que ma grande sœur m'a refilés. Et comme elle a douze ans de plus que moi, on ne peut pas dire que je suive la mode. Sauf des fois, parce que, selon Théo, le vintage est tendance. Donc je suis vintage. Je porte des pulls tricotés à la main, des jeans reprisés, des t-shirts avec des portraits de chanteurs vieux depuis longtemps.

Je me sens bien dedans mais Théo est souvent mal à l'aise d'être vu en ma compagnie.

Heureusement, je pense qu'il est amoureux de moi, donc il est obligé de me supporter.

– En fait, il a ajouté juste avant qu'on rentre en classe, mon rêve ce serait un nouveau télé-

phone. Le dernier Popeye 18, 5G, 300 gigas, appels illimités.

– Théo, tu as déjà un téléphone.

– Oui, mais pas un Popeye 18.

– Et qu'est-ce que tu ferais avec deux téléphones ? Tu t'en mettrais un sur chaque oreille ?

– Je revendrais le vieux.

Heureusement, la maîtresse nous a ordonné de nous taire, et on n'a pas pu se disputer.

Mais, j'en suis sûre, c'est là que ça a commencé. Avec cette histoire de téléphone.

Fin du premier chapitre. Je suis plutôt satisfaite. Il faut qu'on ait envie de dire « tadam ! », et de tourner la page très vite, en la faisant siffler dans l'air comme un fouet.

Ah oui. Penser à utiliser des comparaisons.

Tadam !

2

La suite (je dois encore travailler mes titres de chapitres)

Le dimanche suivant, on est allés manger chez ma sœur.

C'était un événement, parce que jusque-là mes parents avaient toujours refusé ses invitations. Là, on n'a plus le choix, il faut que je vous présente la famille. Je commence par ma mère. Pas trop le choix non plus : si jamais elle lit cette histoire, elle n'appréciera pas d'apparaître en deuxième position.

Ma mère, donc. Elle est juge. Oui, juge, comme dans les séries. Elle s'occupe de *crimes*, de délits *graves*, d'escroqueries diverses. Le soir, à table, elle nous raconte les détails des forfaits commis par les prévenus. C'est très instructif. Malheureusement, je ne peux pas trop en parler à mes copains, parce que les plus sensibles s'évanouiraient. Théo, par exemple. Pourtant, son père à lui est journaliste, mais il couvre surtout des événements ennuyeux qui ponctuent la vie de notre commune, les inaugurations, les galas de danse. Ma mère, elle, gère des assassins, des mafieux, ce genre de choses. Elle passe son temps à compulser d'épais dossiers en fronçant les sourcils. Elle travaille énormément et fume beaucoup trop.

Mon père, lui, s'est trouvé un job de rêve. Il écrit des romans policiers inspirés des affaires que lui raconte ma mère. Il n'a pas beaucoup d'efforts à fournir pour les trouver, ses histoires. Il prend des notes, demande des précisions, farfouille un peu dans les dossiers quand elle a le dos tourné et, hop, écrit son livre. Ça fait qu'il passe ses journées en pyjama, pas rasé, à pianoter sur son clavier. De temps en temps, il part un jour ou deux pour se rendre à des salons littéraires, où il rencontre ses potes écrivains. Apparemment, ils s'amusent beaucoup. En somme, c'est le crime qui fait vivre notre foyer.

Mais ma sœur ?

D'après mes parents, ma sœur est une énigme. Pas pour moi. Moi, au contraire, je la trouve très facile à comprendre, très claire, très logique.

Elle vit dans un mobile home, au milieu de la forêt, à une dizaine de kilomètres de chez nous.

Ce n'est pas non plus une épaisse forêt genre Chaperon rouge, n'exagérons rien. Plutôt un petit bois charmant, avec des clairières et des feuilles mortes, des animaux. Un paradis de poche.

Ah oui, elle n'a pas de métier non plus.

Disons que, quand elle n'a plus d'argent, elle va donner un coup de main au paysan qui lui loue son terrain, ou elle part en stop faire les vendanges, les moissons. Elle sait tout faire, ma sœur, retaper des maisons, réparer la plomberie, l'électricité. Elle dégote toujours un petit job qui lui permet de manger quelques semaines supplémentaires. Et comme elle ne dépense pas beaucoup, ça va. Elle a un amoureux, Benjamin, et trois chats. Benjamin veut qu'on l'appelle Ben, il trouve que trois syllabes, c'est trop pour un seul homme. Et ma sœur, Charlotte, il la surnomme Cha.

Mes parents ne sont pas d'accord. Ils désapprouvent à peu près tous les choix de ma sœur. Ils désapprouvent Ben. Ils désapprouvent leurs chats qui, c'est vrai, sont très mal élevés. Ils désapprouvent surtout le mobile home, la forêt, et, par-dessus tout, les toilettes sèches.

– Je ne suis pas née pour faire mes besoins dans la sciure ! grogne maman, avec sa grosse voix de juge fumeuse.

C'est bizarre, comme phrase. Moi non plus je ne suis pas née pour ça, mais ça m'amuse plutôt. J'aime bien qu'il faille pomper longtemps pour faire couler quelques gouttes d'eau, dans le mobile home. Ils n'utilisent que la pluie qu'ils recueillent dans un réservoir placé sur le toit, se chauffent à l'énergie solaire, font pousser leurs repas. Mes parents détestent.

– Quand je pense, répète souvent ma mère, que Charlotte avait commencé des études de droit !

C'est vrai, mais elle les a laissé tomber assez vite au profit d'un CAP menuiserie. Grâce à quoi elle est capable de fabriquer des tas d'objets sublimes avec des branches mortes, du bois flotté, de l'écorce. Apparemment, du point de vue de mes parents, ma sœur a toujours été une source de problèmes et d'ennuis. C'est peut-être pour ça qu'ils ont attendu douze ans avant de me concevoir. Je n'ai jamais osé leur poser la question. Moi, je l'adore et, comme elle m'invite souvent, je passe beaucoup de temps avec Ben et elle, dans la forêt. Les écureuils n'ont plus peur de moi, je n'ai plus peur des crapauds.

Donc, le dimanche qui a suivi l'histoire du téléphone de Théo, on est allés déjeuner chez eux. Mes parents n'avaient pas trouvé d'excuse pour refuser, cette fois. C'était une activité qui leur prenait beaucoup de temps, trouver des excuses pour ne pas aller chez ma sœur. Et on est partis tous les trois. Papa avait acheté une vaste tarte aux prunes dans la meilleure pâtisserie de la ville. «Au moins, avait-il dit, il y aura quelque chose de comestible.»

Ma mère et lui ne raffolent pas de la cuisine de Ben, principalement composée de choux, de baies, de courges, de pommes véreuses et de robustes poires sauvages.

«Heureusement qu'ils sont végétariens, grognait ma mère, sinon ils nous proposeraient des brochettes de mouches.»

Ma mère est très utile pour les dialogues. J'ai juste à recopier ce qu'elle dit, et c'est tout de suite très vivant. Trop vivant, parfois. Je suis obligée de couper certains passages, si je veux être lue par des gens de mon âge sans les choquer.

Parfois, je me demande si je ne devrais pas la transformer un peu, dans mon livre. Lui donner quelques côtés clichés. Voyons voir. Si je lui mettais de longs cheveux blonds et un tablier ? J'imagine et, aussitôt, j'éclate de rire.

– On peut savoir ce qui t'amuse ?

– Rien, rien, maman. On est arrivés.

Nous avons laissé la voiture à l'orée du bois. Il fallait parcourir le dernier kilomètre à pied, dans la boue et les fondrières.

– C'est toujours gadouilleux, par ici ! a grommelé ma mère qui avait chaussé, pour l'occasion, d'interminables bottes de pêcheur, comme pour aller secourir des cormorans victimes d'une marée noire.

– C'est parce qu'il pleut souvent, j'ai répondu. Et c'est très bien. Sans ça, qu'est-ce qu'ils boiraient, dans le mobile home ?

Ma mère a soupiré.

– Je dois reconnaître que tu as de la repartie. J'espère que toi, au moins, tu deviendras avocate.

Cha et Ben nous ont accueillis chaleureusement. Les trois chats ont sauté sur les genoux de papa dès qu'il s'est installé sur sa chaise pliante pour prendre l'apéritif, un sirop de sureau maison. Les chats sont irrésistiblement attirés par mon père mais le monde n'est pas toujours hyper bien fait parce que, lui, il est allergique. Très vite, il s'est mis à jurer, à rougir, et à enfler des paupières. À force de hurler, il a réussi à faire fuir les matous.

– Il fait frais, non ? a demandé ma mère en remontant la fermeture Éclair de son gros blouson d'aviateur.

–Vous préférez qu'on mange à l'intérieur ? a proposé ma sœur.

Mes parents ont jeté un regard prudent dans le mobile home où s'entassaient des piles de bouquins, des pots de fleurs, du linge froissé et divers objets récupérés ici ou là, dont la fonction n'était pas claire.

– Ça ira, a répondu mon père en se mouchant bruyamment.

Ensuite, ils se sont disputés, tous les quatre, comme d'habitude, au sujet de la planète et de son avenir. Moi, je me forçais à bien mâcher mon gratin de potiron mi-cru. C'est vrai que c'est moins bon qu'un hamburger mais je suis d'accord avec ma sœur, on doit changer notre alimentation si on veut améliorer le monde. Et puis, j'aime bien les vaches vivantes.

Au bout d'un moment, la querelle s'est apaisée. Ma mère a détendu l'atmosphère en racontant la dernière affaire sur laquelle elle avait travaillé. Un quadruple homicide à la hache, dans un pavillon. Passionné, mon père a avalé sa purée de racines sans presque s'en rendre compte. Il a sursauté quand une grosse poule surgie de nulle part a sauté sur ses genoux.

– C'est Pauline, a expliqué ma sœur. Elle vit avec nous depuis une semaine.

– Ah bon ? Vous mangez des œufs ? s'est étonnée ma mère.

– Non, mais elle est arrivée ici toute seule. Elle était perdue, on l'a gardée.

– Mais vous n'avez pas peur que les chats la dévorent ? s'est enquise ma mère, qui a l'habitude de la violence.

– Non, a souri Ben. Ils préfèrent les sucreries.

C'est à ce moment-là qu'on s'est souvenus de la tarte aux prunes. Faute de place, je l'avais posée par terre dans un coin du mobile home.

On s'est précipités et on a découvert les trois chats en train de se lécher les babines autour de la jolie boîte de la pâtisserie, sauvagement éventrée. Ils avaient avalé toute la crème mais nous avaient gentiment laissé les prunes et la croûte.

J'ai essayé d'expliquer à mes parents que c'était un message pour nous de la part des chats. Ça signifiait qu'il fallait partager les ressources avec les animaux. C'était une belle leçon.

Mais ils n'ont pas voulu en convenir et ils ont boudé tout le long de la promenade. Personne ne parlait et on n'entendait que le bruit spongieux des semelles s'arrachant à la boue.

En tout cas, moi, j'ai quand même trouvé que c'était une belle journée. J'avais hâte d'être au lendemain, pour la raconter à Théo.

Ah oui. Il faut que je sème une petite phrase, pour le suspense. Voyons voir.

Je repense à ce qu'a raconté ma mère. Les meurtres dans un pavillon. À l'époque, je croyais que les faits divers n'arrivaient qu'aux autres.

J'avais tort.

3

Clochette

La maîtresse affirme que, quand on raconte une histoire, il ne faut conserver que les éléments essentiels. Tout doit être logique, et utile à la progression de l'action.

En relisant le début, je me demande si ce que j'ai raconté pour l'instant est vraiment logique. Pour moi, ça l'est. Parce que c'est ainsi que les choses se sont mises en place et qu'on est allés vers la catastrophe. On y est allés par étapes, par petits hasards successifs.

Enfin, tout n'est pas dû au hasard, dans cette affaire. Il faut bien avouer que la plupart des événements qui ont suivi, c'est moi qui en porte l'entière responsabilité.

C'est peut-être parce que je réfléchis trop.

Donc, dans l'ordre, il y a eu d'abord Théo et son envie de posséder le dernier modèle de téléphone. Ensuite, le dimanche chez ma sœur.

Le troisième élément important, ça a été ma conversation avec Clochette, en allant à l'école, le lundi matin.

Clochette est mon amie depuis un an. Je l'ai rencontrée au cours d'une de mes promenades du soir. Il faut que j'explique. (Pas trop longtemps, dirait la maîtresse, les explications, ça s'appelle des digressions, et ça ennuie le lecteur. Oui, mais Clochette, il faut que j'explique. Obligé.)

Là, attention, je me lance dans ce qu'on appelle, au cinéma, un flash-back. Ça veut dire un retour en arrière. Misère. Est-ce que je vais m'en sortir ? Je me souviens que la maîtresse insiste beaucoup sur l'emploi des *temps grammaticaux*. Mais le temps grammatical, c'est encore plus compliqué que le temps normal. Il y a le passé soi-disant simple, qui ne l'est pas du tout, le plus-que-parfait, on dirait un nom de gâteau, et aussi des temps tellement vieux qu'on ne sait plus s'en servir de nos jours. Ils sont jolis, hein, je ne dis pas le contraire : *il eût fallu que je racontasse.* J'ai lu ça dans un manuel d'écolier de mon père. Mais je ne peux pas utiliser ces temps-là. On dirait que les verbes portent des perruques.

Bon. Je suis une autrice moderne. Je racontasse comme je veux. Revenons à l'essentiel : Clochette.

Mes promenades du soir, comme leur nom l'indique, ce sont des balades que je fais dans le quartier, après l'école, avant de me mettre à mes devoirs. Au début, papa était plutôt réticent à l'idée de me laisser sortir seule mais, comme je suis peut-être une future avocate, j'ai trouvé de bons arguments pour le convaincre. L'un d'entre eux était que notre quartier est plutôt calme, peuplé de petits chiens promenant leur mamie au bout d'une laisse. Les voitures s'aventurent rarement dans les ruelles, sous peine d'y rayer leur carrosserie. Et puis ma promenade accordait à papa une petite heure supplémentaire pour écrire. On s'est arrangés comme ça, sans trop en parler à maman. Sans lui en parler du tout, en fait. De toute façon, quand elle rentre, il est souvent tard, elle est toujours épuisée et n'écoute jamais ce qu'on lui raconte. Du coup, on se dit que ce n'est pas la peine de tout lui raconter.

Alors que Clochette, justement, c'est le contraire. Elle et moi, on adore se raconter des choses. Quand je l'ai rencontrée, il y a un an, j'étais occupée à admirer l'intérieur des maisons éclairées. J'adore les intérieurs, les détails qu'on entrevoit en passant, les histoires qu'on devine, les chats assis sur le rebord des fenêtres.

Tout à coup, j'ai entendu une drôle de voix, derrière moi. Je me suis retournée et j'ai vu Clochette pour la première fois.

Au début, j'ai cru qu'elle était plongée dans une conversation téléphonique, comme beaucoup de gens qui discutent en pleine rue, très fort, écouteurs fichés dans les oreilles, et gesticulent comme si leur correspondant se tenait en face d'eux.

Mais Clochette, non. Elle n'avait ni téléphone, ni écouteurs, ni correspondant. Elle parlait toute seule. Elle se disputait, plutôt. Comme si elle n'était pas d'accord avec elle-même. Ça m'arrive assez souvent mais, en général, je le garde pour moi et j'évite de me donner en spectacle. Clochette, ça n'avait pas l'air de la gêner. En y repensant, après, je me suis dit que j'aurais dû avoir peur. Théo, par exemple, se serait carapaté direct. Clochette semblait n'avoir ni toute sa tête ni toutes ses dents. Ses yeux, si. Ils bougeaient très vite, comme si elle tentait d'observer des mouches ultra-rapides. Ses mains maigres, ornées de longs ongles, fendaient l'air, peut-être pour attraper les mouches en question. Et tous ses vêtements étaient noirs. Noir clair ou noir foncé. Un genre de sorcière folle.

Je ne suis pas spécialement courageuse, mais elle ne m'a pas effrayée.

Je lui ai même souri, sans raison particulière. J'ai compris depuis que, de toute façon, Clochette n'avait pas besoin de raisons particulières.

– Tu te balades ? elle m'a demandé.

Donc ça lui paraissait normal, une fille de neuf ans, toute seule dans la rue, à la tombée du jour.

– Oui, j'ai répondu.

– Et tu t'appelles ?

– Jeanne.

– Moi, c'est Clochette. Comme la fée.

Pas une sorcière donc. Une fée. Une vieille fée.

Elle m'a demandé si elle pouvait faire un bout de chemin avec moi. J'ai accepté, bien sûr, et on a papoté toutes les deux. De tout et de rien, mais surtout de tout. C'est vraiment ce qui m'a plu immédiatement chez elle : on pouvait aborder n'importe quel sujet, même s'il n'était pas de mon âge, ni du sien. Elle s'est intéressée tout de suite énormément à ce que je lui racontais alors que, quand j'y repense, c'étaient de minuscules histoires d'école, des fâcheries entre copines, Théo. Mais elle retenait bien les prénoms, posait des questions. Tout le contraire de mes parents qui répondent le plus souvent « Mmmmh… » ou « Ah, d'accord… », sans quitter des yeux leur écran. Clochette écoutait presque aussi bien que ma sœur.

Quant à sa vie à elle, ça valait les mangas dont Théo me parlait à longueur de journée. Elle avait voyagé partout, visité le monde, sac au dos, à dos d'âne, de chameau, à dos de n'importe quoi. J'ai compris qu'elle n'avait pas vraiment de maison, qu'elle dormait, comme elle me l'a dit, « ici ou là ». Clochette, elle m'a expliqué, c'est quand même plus joli que clocharde.

C'est vrai. Comme presque tout ce qu'elle dit, entre deux mensonges énormes.

Un peu comme dans les livres, finalement. Les livres, c'est l'art d'accommoder le mensonge avec la vérité. On mélange bien, on assaisonne et c'est bon. Clochette, ses romans, elle les écrit à l'oral. Et moi, je les dévore.

En tout cas, depuis ce jour-là, on se voyait très souvent, Clochette et moi. Mes parents ignoraient son existence.

Et ce lundi-là, le lendemain du déjeuner chez ma sœur, nous nous sommes croisées. J'étais partie un peu en avance, j'ai pris le temps de lui narrer mon dimanche. Je pensais que ça la ferait rire. Surtout l'épisode de la tarte. Mais elle est restée songeuse.

– Je ne sais pas s'ils ont raison, elle a dit.

De qui parlait-elle ? Et que voulait-elle dire ? Nous étions assises, côte à côte, sur un banc, au coin d'une petite place que nous aimons bien. Nous regardions l'eau de la fontaine qui s'écoulait de la gueule d'un lion en bronze.

– S'ils ont raison de quoi ?

Elle a haussé les épaules.

– De vivre comme ça. Comme… comme des pauvres.

Je l'ai regardée, surprise.

– Mais, Clochette, c'est… c'est toi qui me dis ça ?

Et là, pour la première fois depuis le début de notre amitié, j'ai cru qu'elle allait se mettre en colère.

– Oui, c'est moi. Tu vois quelqu'un d'autre ? Tu crois que c'est facile de vivre dans la rue ? Tu crois que, si j'avais le choix, je n'aurais pas une maison à moi ? Une vraie maison, en pierre, avec des volets ? Et une cheminée ?

J'ai essayé de réfléchir très vite, mais j'ai du mal, quand on me grogne dessus.

– Ils ne sont pas pauvres, j'ai répondu. Ils sont… *décroissants*. Ils pensent qu'il faut *économiser* les ressources, *changer* nos modes de vie.

J'insistais sur les mots-clés, comme la maîtresse.

Elle a haussé les épaules, sans insister davantage. Nous n'étions pas du même avis, et ça lui allait. Mais j'ai senti que, peut-être, je lui avais fait de la peine. Je ne supporte pas de faire de la peine aux gens. Quand ça arrive, c'est comme si on m'enfonçait une punaise dans la cuisse.

– Je suis désolée, j'ai dit.

Mais elle m'a lancé un œil surpris. Elle était déjà passée à autre chose.

– Comment tu vas faire ? j'ai insisté.

– Comment je vais faire quoi ?

– Cet hiver ? Avec l'arrivée du froid.

À cause de la guerre avec les Russes, mes parents semblaient inquiets. Ils craignaient de manquer de gaz pour chauffer la maison, et mon père ne peut pas écrire correctement quand la température tombe sous les 21 degrés. Je ne m'étais jamais vraiment posé la question, pour Clochette. Je suis comme ça, il y a des questions que je ne me pose jamais vraiment, comme la mort ou le handicap.

Clochette a de nouveau haussé les épaules. Elle parle beaucoup avec les épaules.

– Si ça caille vraiment, j'irai au foyer, mais j'aime pas.

Elle m'avait déjà parlé du foyer pour SDF (elle n'aimait pas non plus le mot SDF). Apparemment, c'était trop bruyant pour elle, et il y avait encore plus de problèmes que dans mon école. J'avais déjà envisagé de demander à mes parents s'ils voulaient bien héberger Clochette, mais, pour tout un tas de raisons, j'ai renoncé.

Pour la première fois, en rentrant chez moi, le soir, je me suis sentie triste. Pas tellement à cause de Clochette et du froid, bizarrement, mais à cause de ma sœur et de Ben. Je me suis demandé si, au fond, c'était une si bonne idée, leur mobile home dans la forêt. Peut-être que ma sœur gâchait sa vie, qu'elle aurait dû aller au bout de ses études. Si Clochette avait pu, elle en aurait sûrement fait, des études. Et si Charlotte était secrètement malheureuse ? Et si elle faisait semblant d'aller bien par fierté ? Par orgueil ? Pour ne pas avouer que mes parents avaient raison ? Et si Ben et elle voulaient avoir un bébé, est-ce qu'ils pourraient l'élever dans des conditions si rudes ? Sûrement pas.

J'ai compté les *si*, dans le paragraphe précédent. Il y en a sept. C'est beaucoup. Mais la maîtresse dit qu'on a droit aux répétitions, à condition qu'elles servent à quelque chose.

Est-ce que les *si* servent à quelque chose ? Pas sûr. C'est un peu comme les moustiques. On a beau les chasser, ils reviennent tout le temps. Et ils vous piquent.

Ben et Cha prétendaient qu'il y avait déjà suffisamment d'êtres humains sur terre, mais j'ai déjà souvent vu ma sœur avec les bébés de ses copines. Elle est complètement gaga d'eux, pire que de ses chats.

Voilà, c'était sûr, Clochette m'avait permis de mettre le doigt sur quelque chose que je ne soupçonnais pas : ma sœur se trompait de vie. Et elle ne s'en rendait pas compte.

Après, comme toujours, j'ai réfléchi à ce que je pouvais faire, moi, dans tout ça.

Est-ce que je ne devais pas aider Clochette ? Et Charlotte ?

Réponse : si.

Si, bien sûr. J'étais l'amie de l'une et la sœur de l'autre. Les sœurs et les amies existent pour s'aider mutuellement.

Mais comment ?

4

Comment ça ?

Pour Clochette, j'ai tout de suite eu une idée. Une très mauvaise idée, mais ça, je ne m'en suis aperçue qu'après coup, comme souvent.

Suite à notre conversation, je suis rentrée à la maison ventre au sol, j'ai gravi les escaliers *tacatac* et je me suis ruée sur ma tirelire.

J'aime bien les vieilles expressions mais je ne les maîtrise pas encore très bien. Pas grave. L'important, c'est d'en semer dans l'histoire. Ça fait classe. Ça, ce n'est pas la maîtresse qui le dit, c'est moi.

– Qu'est-ce qui se passe ? a demandé papa, enfermé dans son bureau.

– Rien, j'ai répondu. Je passe en coup de vent.

– Quoi ? Comment ça ?

– En coup de vent. Ça veut dire que je ressors tout de suite.

Avec mon père, il vaut mieux ne pas demander l'autorisation. Généralement, ça marche. De toute façon, je n'avais pas le temps d'expliquer. Je comptais mes économies.

Ça a été vite fait. Cinquante-quatre euros. Mes parents ne me donnent pas d'argent de poche. Ils m'ont ouvert un livret de caisse d'épargne pour le jour où je voudrai passer mon permis mais ça n'arrivera pas parce que je suis contre les voitures et, de toute façon, elles vont bientôt être interdites, j'en suis sûre.

Je ne savais pas de combien d'argent je disposais, sur ce livret, et puis, pour y accéder, il aurait fallu mettre mes parents au courant de mes projets. Inenvisageable. Donc j'ai récupéré les cinquante-quatre euros que m'avait offerts ma grand-mère, ou peut-être ma tante, et qui dormaient dans ma tirelire, une vraie tirelire en forme de cochon mais qu'on n'a pas besoin de casser, elle est équipée d'une petite trappe sous le ventre.

Cinquante-quatre euros, c'était peu, pour aider Clochette, mais un tout petit mieux que rien. Concernant ma sœur, il faudrait que je réfléchisse plus tard.

Je suis redescendue et, en passant devant le bureau de mon père, j'ai crié : « Je reviens ! »

– Comment ça ? a redemandé mon père.

– Je reviens. Ça signifie que je ne compte pas passer le reste de ma vie à l'extérieur.

Mon père est le champion de la question idiote. Sa préférée, c'est : « Comment ça ? »

Il faisait déjà sombre, dehors. Les chances de croiser à nouveau Clochette étaient faibles. On ne se rencontrait que par hasard, d'habitude. Sinon, au pire, j'attendrais le lendemain. Mais j'avais envie d'être débarrassée vite des pensées désagréables qu'avait fait naître en moi notre conversation. Et de mes cinquante-quatre euros.

Je me suis engagée dans les ruelles qu'elle arpentait souvent, serrant au fond de ma poche les billets et les pièces. Je préparais des phrases pour Clochette. D'habitude, je suis plutôt bonne en phrases mais là, j'avais du mal.

Une fois, mon père m'a donné un conseil, en cas de manque d'inspiration : « Écris ce qui te passe par la tête, sans réfléchir. Ça s'appelle l'écriture automatique. Tu verras, ça donne de magnifiques résultats, très poétiques. »

J'ai essayé. Malheureusement, ce qui m'est passé par la tête, ce sont les fesses de Théo dépassant de leur buisson. Et je ne crois pas qu'il ait les fesses très poétiques. Je me suis reconcentrée sur Clochette.

Coup de bol, j'ai aperçu sa silhouette tout près de la fontaine au lion. Comme si elle y était restée, ou revenue.

– Salut, Clochette !

Elle a tourné la tête vers moi et paru avoir

du mal à me reconnaître. Est-ce qu'elle se souvenait qu'on s'était déjà vues ce soir-là ? Parfois, je me demandais si elle n'était pas en train de perdre la mémoire.

– Rebonsoir, Jeanne.

Non. Sa mémoire fonctionnait. Elle était juste plongée en elle-même. Et ça semblait profond.

Je me suis assise à côté d'elle, et j'ai commencé à me tortiller. C'est quelque chose que je fais quand je suis mal à l'aise, mais ça ne sert à rien.

– Tu as envie de faire pipi ? elle m'a demandé.

Je triturais de plus belle les billets dans ma poche. Toujours aucune phrase à l'horizon pour lui expliquer mon projet. Alors, tant pis, ni une ni deux, j'ai sorti l'argent et je le lui ai tendu.

– Tiens, Clochette. C'est pour toi.

– Qu'est-ce que c'est ?

Elle paraissait sincèrement intéressée. Je me

suis tortillée plus lentement. Finalement, tout allait peut-être rouler comme sur des œufs.

– Cinquante-quatre euros, j'ai dit. C'est pas beaucoup, je sais, mais c'est tout ce que j'ai.

Ses yeux m'ont quittée pour se diriger vers n'importe où avant de revenir vers moi et de repartir. Dans ces cas-là, il faut attendre. Ça peut signifier qu'elle réfléchit, ou pas du tout.

– Comment ça ? elle a demandé.

J'ai été un peu déçue. Clochette se mettait à poser les mêmes questions idiotes que mon père. Mon tortillement s'est intensifié.

– Tu sais bien… On en a parlé. Peut-être qu'avec ça tu pourras te payer une nuit dans un hôtel, ou un pull chaud, ou…

En m'entendant parler, je me disais que j'aurais vraiment mieux fait de les mettre au point, mes phrases, parce que celles-ci étaient navrantes. Ça n'a pas raté. Clochette s'est mise en colère. Mais ce n'était pas une bonne grosse colère, comme celles de mes parents, avec éclats de voix, jurons, et on n'en parle plus. Non, c'était une colère sèche et froide comme si un lézard vous courait sur le visage.

– Je ne veux pas de ta charité.

J'ai ouvert la bouche pour protester. Elle me l'a refermée, d'un regard furieux, avant d'ajouter :

– Je croyais que toi et moi, on était amies.

Elle s'est levée pour se diriger à grands pas vers ailleurs. Je l'ai suivie en trottillant (ça consiste à trottiner en se tortillant, et c'est assez dur).

– Justement, Clochette...

Je voulais lui exposer mon idée de l'entraide entre copines, entre sœurs, entre humains, ce n'était pas de la charité, non, pas du tout, c'était, c'était... de la *solidarité*.

Mais elle ne m'a rien laissé dire. Elle a accéléré, et j'ai senti qu'il valait mieux que j'arrête de trottiller bêtement.

Elle a disparu dans la nuit tombée. Je me suis demandé si on se reverrait.

Quand je suis revenue à la maison, mon père, depuis son bureau, m'a lancé :

– Tu es rentrée ?

Épuisée, j'ai répondu :

– Non, pas du tout.

– Comment ça ?

J'ai remis mes euros dans le cochon.

5

Les boules

Le lendemain soir, le mardi, donc, je me sentais toujours aussi triste et cafardeuse. La journée à l'école avait duré mille ans, pendant lesquels j'avais retourné les mêmes questions dans ma tête : est-ce que tout était fini avec Clochette ? Trouverais-je une façon de l'aider sans l'humilier ? Et ma sœur ? Comment savoir si elle n'était pas en train de faire une énorme bêtise ? Est-ce qu'elle n'allait pas devenir une nouvelle Clochette, dans quelques années, si jamais Ben la quittait, par exemple ?

Puis, je me faisais des reproches : Cha pouvait très bien se passer de Ben. Elle était assez grande pour prendre ses décisions seule. Ce n'était pas moi, à dix ans, qui pouvais comprendre les choix des adultes et prendre des décisions à leur place.

Ensuite, les questions revenaient, parfois précédées de *si* sifflants, et je n'arrivais pas à me concentrer sur le travail, ni sur ce que me disait Théo, qui avait enfin réussi à dissimuler son téléphone dans une grosse trousse où il fouillait tout le temps. Ça devenait vraiment n'importe quoi, son affaire.

Mais le soir, le hasard a eu pitié de moi et la chance m'a fait des sourires.

Premier sourire de la chance : maman est rentrée plus tôt que d'habitude.

Second sourire : elle n'avait plus de cigarettes.

– Tu viens avec moi au bureau de tabac ? elle m'a demandé.

J'ai dit oui, parce qu'on n'a pas souvent l'occasion d'être toutes les deux, maman et moi. Le bureau de tabac, c'est un endroit qu'elle aime. Il est tenu par Patrick, un grand chauve à queue-de-cheval qui semble à l'étroit dans son local, cerné par des millions de paquets de cigarettes ornés de gens agonisants ou d'organes très abîmés. Il vend aussi des revues racontant des faits divers violents, des enlèvements, ou les maladies des stars. Maman se sent bien, dans la boutique de Patrick. Ils rigolent tous les deux, pendant que je m'informe, en observant les paquets, de tous les dégâts que le tabac peut causer à un corps.

– Comment ça va, Madame la juge ? demande toujours Patrick.

– Super, répond toujours maman.

Ensuite ils s'envoient des blagues. Dans ces moments-là, maman défronce ses sourcils et ça me détend.

Mais le mardi dont je parle, mon regard a été attiré par un détail auquel je ne prêtais pas attention, d'habitude : les affiches de la GL (la Grande Loterie) qui annonçaient un Super Tirage (ST) pour le surlendemain.

À cet instant, quelque chose s'est produit dans ma tête. Mieux qu'un déclic. Une claque. La solution était là. La Grande Loterie.

Il serait exagéré d'affirmer que mon plan m'est apparu, là, dans cette boutique, mais j'ai eu l'intuition que je tenais une idée. Une excellente idée. On verrait plus tard pour les détails.

Sans réfléchir davantage, j'ai attrapé un billet, j'ai coché des numéros (ma date de naissance et celle de ma sœur), et je l'ai tendu à Patrick.

– Maman, j'ai demandé, je peux jouer à la Grande Loterie ?

Comme elle était en train de raconter, en riant beaucoup, les derniers développements d'une affaire de braquage avec prise d'otages, elle n'a même pas fait attention à ce que je disais, se contentant de hocher la tête. Moi, je savais bien qu'il fallait être majeur pour jouer à des jeux d'argent. D'abord, j'ai voulu mettre le bulletin au nom de Clochette mais j'ai réalisé que je ne le connaissais pas, son nom. Son vrai nom. Alors j'ai écrit celui de ma sœur. Ça m'a tout de suite paru parfait.

Après, maman a récupéré sa cartouche de cigarettes, payé le tout, salué Patrick et nous sommes sorties.

Moi, je serrais le bout de papier dans mon poing fermé. Je vous jure, j'étais sûre et certaine que j'allais gagner. Une somme folle. J'ai

même eu du mal à trouver des choses à dire à maman, sur le chemin du retour. Mais elle ne s'est aperçue de rien, trop occupée à trouver que Patrick avait vraiment du charme, quand même.

Les deux journées suivantes ont passé comme des TGV. Même pas le temps de compter les wagons. Je me rappelle vaguement que Théo m'a bassinée avec son téléphone et ses occasions manquées. Apparemment, quelqu'un avait mis en vente une paire de tennis complètement hallucinantes et pas chères, mais c'était pendant la leçon d'histoire, et il avait oublié de regarder dans sa trousse. Il l'avait appris après coup, il était vert.

Son questionnement, maintenant, c'était de savoir comment améliorer la cachette de son portable. Il pouvait peut-être le dissimuler dans un cahier ou le scotcher sous sa table. Mais il y avait des risques, il hésitait, et moi, je ne l'écoutais qu'à moitié, affichant un sourire mystérieux qui l'énervait.

Plus les heures filaient, me rapprochant du tirage, plus j'étais sûre que la fortune allait me tendre les bras.

Ou plutôt les tendre à ma sœur. Donc à Clochette.

J'avais affiné mon projet, bien sûr. Je me disais qu'en cas de gain, de gain énorme, je trouverais un moyen de reverser une partie de la somme à Clochette. Cha aurait certainement une solution. Et elle disposerait du reste pour faire ce qu'elle voudrait.

On verrait bien comment elle utiliserait les sous. Comment elle organiserait sa vie. Peut-être qu'elle resterait dans son mobile home, mais là, j'aurais la certitude que ce serait un vrai choix. Ou elle changerait complètement, déménagerait dans une grande maison de princesse et me ferait un neveu.

Tous ces raisonnements étaient bien trop compliqués pour Théo, donc je me contentais d'afficher mon sourire énervant, en maxi format, sur la façade énigmatique de mon visage.

Cette dernière phrase, je pense qu'on peut la relire, parce que je n'en suis pas mécontente. Il y a une belle image dedans : mon sourire comme une affiche et ma tête comparée à une maison. Bon, c'est un peu bizarre, quand on y réfléchit, mais ça crée de la poésie. Mon père m'a dit que ça s'appelait une métaphore. C'est bien d'en mettre, quand on narre, mais pas trop non plus, ça peut alourdir le texte, comme quand on met beaucoup de sauce blanche sur un kebab. Moi, ça ne me dérange pas, j'adore la sauce blanche.

Le soir du tirage, j'ai filé devant la télé. Je ne la regarde jamais d'habitude. J'ai horreur des gens trop maquillés qui parlent fort.

Mes parents ne m'ont pas posé beaucoup de questions. Papa avait des détails à demander à maman sur les procédures d'autopsie.

Enfoncée dans le grand fauteuil du salon, le visage bariolé par les lumières de l'écran géant, j'ai traversé le long tunnel de pub (métaphore) en me rongeant les ongles de la main gauche. De l'autre, je froissais le billet.

Ensuite, la présentatrice de la Grande Loterie est apparue, sanglée dans une robe rutilante qui lui renflait la poitrine. Elle a ri, a dit des trucs, puis la grosse machine, derrière elle, s'est mise en branle. Des boules portant des numéros ont dévalé des tuyaux transparents, tout au long d'un circuit compliqué, au son d'une musique de fanfare électronique.

Dans un tintamarre de batterie, la première a atterri.

– Baisse le son ! a hurlé mon père depuis la cuisine.

Mais je ne pouvais pas bouger. Paralysée, j'étais. Bouche ouverte, yeux écarquillés.

Le premier chiffre était 1.

Comme celui de la date anniversaire de ma sœur. 17 mars 2000. 17032000.

Bien sûr, je me suis dit comme vous que ça ne signifiait absolument rien. Qu'il n'y avait pas la moindre chance que les autres numéros sortent. Que, même si ceux de Charlotte tombaient, il faudrait encore aligner les miens, dans le bon ordre, 29 décembre 2012, 29122012, ça ne se produirait pas, ça ne pouvait pas se produire.

Et pourtant…

Si.

Le 7 est venu se ranger à côté du 1.

Mon père, agacé, est entré en trompette dans le salon, m'a arraché la télécommande et a éteint la télé.

– Tu es pénible, Jeanne, à regarder ces bêtises. On ne s'entend plus. File te couch…

– RALLUME !

J'avais hurlé tellement fort qu'il est resté paralysé quelques secondes.

Je devais avoir l'air d'une folle, les deux mains tendues vers la télécommande qu'il avait maintenant hissée bien haut, loin, au bout de son bras levé.

– Pardon ? Il a demandé.

– RALLUUUUUME !

Ma voix s'est déchirée. J'avais bondi et commençais maintenant à l'escalader, comme

quand j'avais trois ans. Il est assez facile à gravir, normalement, mon père, il a pas mal de bourrelets. Mais là, il ne se laissait pas monter dessus, il était glissant comme un glacier hostile.

– Jeanne ! Qu'est-ce qui t'arrive ? C'est le début de l'adolescence ou quoi ? Je te rendrai ce truc quand tu seras calmée.

Là-dessus, maman est arrivée, histoire de compliquer les choses. Les parents, les miens en particulier, savent rendre la moindre situation inextricable.

– Qu'est-ce qui se passe ?

En bonne juge, il a fallu qu'elle se fasse expliquer la situation, qu'elle entende les deux parties, qu'elle délibère et qu'elle tranche :

– Rends-lui ce truc.

– Mais..., a protesté mon père.

– Rends-lui ce truc. Elle a le droit de se poser devant la télé de temps en temps, non ?

– Bon, a cédé mon père en me rendant ce truc.

Mais il a ajouté, pour ne pas perdre la face nord :

– Pas trop fort, hein ?

J'ai promis, haletante. Ils sont repartis dans la cuisine.

Quand la présentatrice est réapparue.

Je jure que c'est vrai.

De toute façon, vous pouvez vérifier dans le journal.

Quand la présentatrice est réapparue, quinze boules numérotées s'alignaient derrière elle :

170320002912201

Si la seizième portait le chiffre 2, j'avais gagné. Ma sœur était riche. Clochette était sauvée.

Bien sûr, j'ai failli mourir. Je me suis crispée sur le fauteuil comme les griffes d'un chat sur un oisillon. Tout me paraissait lent, insupportable. Mes nerfs étaient tendus, mes boyaux noués, mes yeux braqués sur le téléviseur.

Dans la cuisine, mes parents avaient repris

leur conversation de vieux amoureux. J'ai entendu les mots « scalpel » et « décomposition ».

L'air se frayait péniblement un chemin dans mes bronches. La dernière boule, qui s'était élancée dans la machine infernale de la Grande Loterie, semblait rouler au ralenti.

La maîtresse dit que, pour faire durer le suspense, il est bon de décrire ses sensations, de freiner le récit.

Je me souviens que j'essayais de deviner le chiffre peint sur la sphère. Bien sûr, c'est impossible, elle dévalait trop vite. Mais je plissais les yeux, tentant d'affûter ma vision, de me créer un superpouvoir, même pour quelques secondes.

Et puis, enfin, après plusieurs siècles d'attente, la boule a rejoint les autres et s'est immobilisée.

Je profite de ce que le chapitre est fini pour semer une définition : « plusieurs siècles d'attente », c'est exagéré. Ça s'appelle une hyperbole.

C'est joli, comme mot, hyperbole. Presque autant que métaphore.

Voilà. On peut continuer.

6

Le million

Si la maîtresse me lit, elle me fera quand même remarquer que ce qui s'est passé ensuite est totalement invraisemblable.

Mais papa m'a lu une phrase de je ne sais plus qui, un jour, une phrase que j'ai mis un peu de temps à comprendre : « Le vrai peut quelquefois n'être pas vraisemblable. »

Eh bien justement, on y était. Ce qui s'est passé était *invraisemblable mais vrai*.

La boule portait le numéro 2.

On avait gagné.

La somme s'est inscrite sur l'écran, dans un ruissellement d'émojis et de klaxons symphoniques.

Un million d'euros.

Je sais bien que je vais tout le temps à la ligne, mais les informations que je communique sont si importantes qu'elles doivent être encadrées de blanc. Comme celui qui s'est répandu dans ma tête, à l'annonce du résultat. Un long blanc cotonneux, bourdonnant.

Je ne sais pas du tout comment j'ai fait, mais je n'ai pas crié. Je ne me suis pas précipitée dans la cuisine pour annoncer la grande nouvelle. En fait, je m'étais interdit d'espérer. Des fois, l'espoir porte la poisse.

Surtout ne rien dire aux parents, m'a chuchoté une voix intérieure, la mienne, sans doute. Éteins la télé, souhaite-leur une bonne nuit, monte dans ta chambre et réfléchis.

Je me suis sagement obéi à moi-même. C'est impressionnant, parfois, l'autorité que j'ai sur moi. J'ai même réussi à faire un gros bisou à mon père, histoire que ne subsiste aucun malaise au sujet de cette télécommande.

Dans ma chambre, j'ai commencé par

défroisser le billet gagnant. Je l'ai glissé soigneusement au milieu du tome 172 de *La guerre des chats* et j'ai réfléchi. La suite coulait de source. Il fallait remettre ce billet à ma sœur et tout lui raconter.

Bien sûr, les pensées ont continué de rouler dans mon cerveau comme les boules dans la télé. Des pensées en forme de visages, celui de Cha, celui de Théo, celui de Clochette.

Tout allait changer. C'était génial et réjouissant.

Bizarrement, je me suis endormie.

Le lendemain, quand mon réveil a sonné, j'ai rouvert *La guerre des chats*, pour vérifier, puis j'ai descendu calmement l'escalier et j'ai annoncé à mes parents qui prenaient leur petit-déjeuner que je me sentais un peu malade.

– Comment ça ? s'est exclamé mon père.

Il déteste que je sois malade parce qu'il doit me garder à la maison, et ça nuit à sa tranquillité.

– Je tousse, j'ai dit.

J'ai toussé. Et j'ai ajouté que j'avais mal au ventre et à la tête.

– Bon, a tranché maman, une journée de repos et il n'y paraîtra plus.

Papa a poussé un gros soupir. Je suis remontée dans ma chambre, j'ai attendu que maman vienne me dire au revoir, que papa s'enferme dans son bureau après m'avoir demandé si je n'avais besoin de rien, et j'ai appelé ma sœur, avec le téléphone de la chambre de mes parents, que j'avais récupéré au passage et caché sous mon oreiller.

Elle a décroché tout de suite mais la liaison n'était pas très bonne parce que Cha et Ben possèdent un vieux portable premier prix qui capte très mal.

– J'ai besoin de te voir, j'ai dit. Le plus vite possible.

– Tu n'es pas à l'école ? s'est étonnée ma sœur.

– J'ai dit que j'étais malade.

– Je t'entends très mal.

– Normal, je suis cachée sous ma couette. Papa ne doit pas être au courant. Quand tu viendras, dis que tu passais par là et que tu es venue faire coucou. Ne parle pas de mon appel.

– Mais je ne viens jamais faire coucou !

– Tu devrais.

J'ai raccroché. Ce dont j'étais sûre, c'est qu'il fallait laisser mon père et ma mère en dehors de cette histoire, sinon, ils allaient tout gâcher.

Ma sœur est arrivée une heure plus tard. Une heure qui m'a semblé plus longue qu'une journée d'école. Cha n'est jamais pressée. Entretemps, papa était venu voir deux fois si ça allait, et si j'avais besoin de quelque chose. J'avais hoché négativement la tête, en tâchant de paraître suffisamment malade pour justifier ma présence dans ce lit, sans trop l'inquiéter. C'est un exercice délicat parce que je n'ai pas l'habitude. Théo fait ça beaucoup mieux que moi.

Quand ma sœur a pressé la sonnette, mon père a descendu l'escalier en poussant des jurons. J'écoutais depuis mon lit. J'ai entendu des exclamations succéder aux jurons. Il devait être stupéfait. C'est vrai que ma sœur ne vient pas souvent.

Tendant l'oreille, j'ai capté des bribes de conversation. Je pressais le billet gagnant contre mon cœur, il était devenu tiède et mou.

Enfin, elle a gravi les marches. Ça m'a rappelé des vieux souvenirs de quand j'étais petite et qu'elle vivait encore avec nous. Comme moi, elle grimpait l'escalier à toute vitesse en chaussettes, et ça terrorisait les parents.

Elle a frappé trois petits coups timides à ma porte et a attendu, telle une vampire, que je l'invite à entrer.

– Alors, Jeannette, qu'est-ce qui t'arrive ?

Elle m'a serrée dans ses bras. J'ai imaginé ce qu'elle s'imaginait. Peut-être que j'avais un chagrin d'amour, ou des bêtises de ce genre. Je lui avais déjà parlé de Théo en lui précisant que l'amour me fatiguait d'avance, mais elle ne me croyait pas trop, je pense.

Pour ne pas perdre de temps, je lui ai tout de suite tendu le billet gagnant, avec son nom marqué dessus.

– Voilà, j'ai dit. Un million d'euros. Tu es riche.

Alors là, je vais suivre les conseils de la maîtresse, et résumer la conversation qui a suivi, parce que ça a été vraiment pénible. Pendant au moins dix heures (hyperbole), ma sœur n'a rien compris. Pendant dix autres, elle ne m'a pas crue. Il a fallu qu'on aille vérifier dans le journal que mes parents, heureusement, reçoivent tous les matins. Elle a passé trente ans à vérifier les chiffres, un par un. Moi, j'attendais. De plus en plus inquiète.

Heureusement, mon père s'était de nouveau enfermé dans son bureau. Il ne nous a pas dérangées.

De quoi j'étais inquiète exactement ? Bonne question.

De la réaction de Cha, je suppose. Parce que, maintenant, cet invraisemblable million était devenu réel. Jusque-là, le fait d'être la seule à savoir laissait flotter la possibilité que toute cette histoire ne soit qu'un rêve.

Mais, en regardant ma sœur fixer le bout de papier, j'ai repensé aux chiffres, au tarif, au prix des choses, dont Théo me parlait souvent, avec des paillettes dans la voix. Il est passionné par les prix. Prix des voitures, prix des maisons, prix des voyages…

Un million.

Et si j'avais fait une gigantesque bourde ?

7

Une goutte d'eau

À tout hasard, j'ai éclaté en sanglots.

C'est un truc un peu basique, je sais, mais ça marche bien. D'ailleurs, Cha, qui ne savait visiblement pas trop comment réagir, m'a de nouveau serrée dans ses bras pour me consoler.

– Ça va aller, m'a-t-elle murmuré, comme quand j'étais petite et fragile.

Puis, au bout d'un moment, elle m'a demandé :

– Pourquoi tu pleures, en fait ?

Bon. Apparemment, je n'étais plus ni petite ni fragile. Je me suis essuyé les yeux et j'ai répondu par une autre question. Ça aussi, ça marche bien.

– Qu'est-ce que tu vas faire de l'argent ?

Elle a levé les yeux au ciel, les a redescendus pour les poser sur le billet gagnant, puis sur moi. Elle ne paraissait pas en colère. C'était déjà ça. Dans le silence qui a suivi, j'ai passé en revue les réponses possibles :

Réponse 1 : « Je vais m'acheter une belle maison et reprendre mes études. Papa et maman ont raison, j'ai pris une mauvaise direction dans la vie, mais, grâce à toi, me voilà de retour sur le droit chemin, le chemin du droit. »

J'avoue, j'aurais été déçue.

Réponse 2 : « Je vais m'offrir un mobile home mieux équipé, plus grand, plus confortable, et comme ça, peut-être qu'on pourra enfin avoir un bébé. »

Mieux, déjà.

Réponse 3 : « On part toutes les deux pour un tour du monde en voilier. »

Excellente idée.

Mais j'avais tout faux. On a beau s'attendre au pire, des fois, le pire est encore pire que le pire. Je ne sais pas si la maîtresse validera cette phrase mais elle exprime exactement ce que j'ai pensé. Ma sœur a fini par ouvrir la bouche, d'où est tranquillement sortie la réponse suivante :

– Je vais tout donner.

Silence. Lointain tapotement des doigts de papa sur les touches de son clavier.

– Tout donner ? j'ai répété, en ajoutant un timide point d'interrogation.

Elle a hoché la tête, pour montrer qu'elle était complètement d'accord avec elle-même.

– Tout. Grâce à toi, petite sœur, je vais enfin pouvoir accomplir quelque chose d'important, quelque chose de juste. Avec cet argent, on peut aider beaucoup de monde. On peut aider la planète. On peut voler au secours de ceux qui meurent de faim, de soif. On peut nettoyer des zones polluées, financer des recherches scientifiques utiles, soutenir l'agriculture bio…

Elle s'était lancée et tournait en rond dans ma chambre. Papa avait cessé de tapoter. Il devait se demander ce qui se passait.

– Il existe des centaines, des milliers d'associations, d'organisations qui ont tellement besoin d'argent pour avancer. Bien sûr, ce million sera une goutte d'eau, mais une belle goutte, Jeanne, une goutte qui fera peut-être couler des petits ruisseaux, des cascades, des fleuves, des océans !

Apparemment, Cha s'y connaissait en métaphores.

J'étais un peu noyée, mais elle paraissait si heureuse que je n'ai pas osé la contredire. Je pensais à Clochette, et aussi à Théo, parce que je pense toujours aussi à Théo. Je me demandais ce que lui aurait fait de ces sous. J'imaginais des ruisseaux de tennis neuves, des cascades de joggings flashy, des fleuves de téléphones Popeye 18, 5G, 300 gigas, des océans d'appels illimités. Il allait tomber raide, quand j'allais lui raconter tout ça.

Mais Cha paraissait avoir deviné mes pensées, parce qu'elle a mis un doigt sur ses lèvres.

– Surtout, Jeanne, pas un mot à qui que ce soit, d'accord ?

Je l'ai fixée, perplexe.

– Ben, pourquoi ?

Elle a rapproché sa tête de la mienne et s'est mise à murmurer, comme si papa écoutait à la porte, ce qui était peut-être le cas.

– Pour éviter les ennuis, petits et gros. Souviens-toi bien que l'argent crée toujours des problèmes. Toujours. Pas la peine de perdre du temps à expliquer aux gens notre décision.

– *Notre* décision ?

– Oui, notre décision. Pourquoi ? Tu n'es pas d'accord ?

J'ai hésité une demi-seconde.

– Si, bien sûr.

Encore un *si*.

– Tu imagines ce que diraient les parents s'ils apprenaient que nous ne garderons *rien* pour nous ? Rien pour eux ?

– Rien ?

– Rien. Et il y a plus grave.

Elle s'est encore rapprochée.

– Si la nouvelle se répandait que nous sommes millionnaires, nous serions en danger. Moi, toi, papa, maman.

Un frisson glacé m'a parcouru les orteils. Elle avait raison, bien sûr ! Je me suis rappelé les histoires de maman, les gangsters, les mafieux, les détraqués de toutes sortes. N'importe quel truand rêverait d'enlever une jeune fille comme moi pour exiger une rançon faramineuse. Il faudrait recruter des vigiles, des gardes du corps. Notre vie deviendrait un enfer. Tout à coup, le billet gagnant m'a paru aussi dégoûtant qu'un vieux masque chirurgical bourré de virus.

– OK, j'ai répondu. Je ne dirai rien. Compte sur moi. Comment tu penses procéder ?

– Je vais récupérer l'argent en espérant que mon anonymat sera respecté. J'imagine que c'est possible. À vrai dire, je n'ai pas encore vraiment réfléchi à la question. Ensuite, avec Ben, on va lister tous ceux à qui on pense qu'il faut faire des dons d'urgence et on procédera aux versements.

J'ai froncé les sourcils, comme maman.

– Donc, Ben, tu le mets au courant ?

Depuis qu'elle avait évoqué les ennuis liés au million, tout le monde me semblait suspect. Est-ce qu'on pouvait *vraiment* faire confiance à Ben ?

– Évidemment !

Elle paraissait un peu choquée par ma question. Je me suis excusée.

Puis, à nouveau, Clochette m'est revenue à l'esprit. J'ai expliqué sa situation à Cha.

– OK, elle a dit. Je te donnerai une somme confortable, en liquide. Je suppose qu'elle n'a pas de compte en banque. Et tu la lui remettras.

Une somme confortable ? Je me sentais un peu mal. Au départ, c'était surtout pour Clochette que j'avais joué. Mais qu'est-ce que je pouvais demander à ma sœur ? La moitié du million pour mon amie ? Non, elles n'accepteraient jamais, ni l'une ni l'autre. Et puis Cha allait venir au secours de milliers d'autres Clochette. Une somme confortable en liquide, c'était parfait. Mais ça ne me disait pas comment faire pour la lui remettre sans qu'elle se vexe.

– Clochette déteste la charité, j'ai dit.

Ma sœur a secoué la tête.

– Tu trouveras une solution. Là, tout de suite, j'ai d'autres points urgents à régler.

Bizarre comme cette fortune la transformait déjà. Elle parlait comme une dame importante. Je n'ai pas insisté. Cha s'est levée, l'air absorbé, a traversé ma chambre, tout en rangeant le billet gagnant dans sa poche. Avant de sortir, elle s'est retournée.

– Merci, petite sœur, elle a dit.

– De rien.

Elle est sortie.

– Tu t'en vas ? a demandé papa.

– Oui. À très vite.

La porte de la rue a claqué derrière elle. C'était fini.

Ça commençait.

8

Roxane

Ce qui m'a le plus étonnée le lendemain, quand je suis retournée à l'école, c'est que rien n'avait changé.

Je veux dire, quand il se passe un truc énorme, énorme comme un million d'euros, on s'imagine, moi en tout cas je m'imagine, que le monde va immédiatement changer de visage. Eh bien non. La vie avait toujours la même tête. J'ai retrouvé les fesses de Théo dans leur buisson, le sourire des copines qui me demandaient si j'allais mieux, la bonne odeur de la maîtresse – elle sent la cacahuète, je ne sais pas du tout pourquoi et je n'oserai jamais le lui demander, mais je raffole de ce parfum, j'ai l'impression d'être à la fête foraine – quand elle m'a remis la photocopie des exercices que j'avais manqués.

Je n'avais pas prévu que l'envie de tout raconter à tout le monde serait aussi forte. Quand Lou m'a dit qu'elle s'était disputée avec sa petite sœur, je brûlais de lui rétorquer que j'étais millionnaire. Quand Emy m'a avoué qu'elle était à moitié amoureuse de Tom, je contenais avec peine mon besoin de relater le moment du tirage au sort. Finalement, la maîtresse a raison. Quand on désire autant faire le récit de ses aventures, mieux vaut écrire.

Durant cette journée, la vie des autres me paraissait toute fade et pâle. Minuscule.

Et puis, je rêvais des métamorphoses que Cha et Ben allaient semer tout autour du monde. Changer la boue en or, dissiper la misère, gommer la laideur, toutes les choses moches qui se dressent partout, les zones commerciales, les entrepôts, les barbelés.

Après, je me raisonnais, me rappelais qu'un million, c'est une goutte d'eau. J'avais un peu de mal avec cette idée. Je me disais que dans une goutte d'eau prospèrent une infinité de micro-organismes, qu'une goutte d'eau, c'est loin d'être rien. Et alors la maîtresse me demandait si je rêvais ou si je me sentais encore malade, et si je pouvais revenir parmi eux. Et je rougissais comme une idiote en répondant oui, non, oui, pardon.

Par contre, il s'est passé un truc.

Un sale truc.

Le même jour, ce jour bizarre et joyeux, ce jour où tout allait changer.

Cette dinde de Roxane a regardé Théo en souriant.

Et ce dindon de Théo l'a contemplée en rougissant.

Moi, bien sûr, je m'en fiche absolument. Mieux, ça m'indiffère. Qu'ils se regardent et rougissent tant qu'ils le veulent. Et même, j'ai envie de dire, que quelqu'un d'autre s'occupe de Théo et de son obsession de l'argent, et des futilités, c'est parfait. Impeccable. Moi, je serai tranquille à la récré, avec mes copines. De toute façon, je suis bien trop occupée à ne pas leur raconter mes secrets. Tenir ma langue m'occupe à plein temps.

Mais quand même… Roxane.

Je n'ai rien contre Roxane, elle est très belle, stylée, rit d'une voix aiguë en jetant la tête en arrière, comme dans les pubs. Elle est assez riche, aussi, je crois, possède des tennis qu'elle astique tous les soirs. Un téléphone rose orné de pompons. Très bien.

Ce qu'il y a, c'est qu'elle me méprise, et j'ai horreur de ça. Quand elle pose sur moi ses yeux pleins de cils, elle a toujours un petit haussement d'épaules exprimant une espèce de pitié. Je sais par Leila qu'elle juge mes pulls moches et mes pantalons en velours usé pitoyables.

J'aurais préféré que Théo rougisse en regardant Leila, par exemple, mais, malheureusement, on ne choisit pas les personnes dont nos amis feraient mieux de tomber amoureux. Et c'est dommage.

– Tu es bizarre, m'a confié Théo, à la récré de l'après-midi.

Ce n'était pas exactement un compliment mais j'étais contente qu'il me critique plutôt que de parler à Roxane qui, à l'autre bout de la cour, faisait mine de ne pas s'intéresser à nous.

– Comment ça ? j'ai demandé.

Au fond, les questions de papa ne sont pas si nulles. Elles permettent de gagner du temps.

– Je sais pas. Pas concentrée. Dans la lune.

– Hé, hé…, j'ai dit d'une voix mystérieuse.

C'est assez difficile de réussir du premier coup une voix mystérieuse. En fait, j'avoue que j'ai plutôt pris une voix de canard, comme dans les dessins animés. Du coup, Théo a éclaté de rire et ça m'a vexée.

– Il y a quelque chose de drôle ?

Il s'est essuyé les yeux.

– Pas du tout.

Mais rien que de penser à la façon dont j'avais dit « hé, hé... », ça lui a redonné le fou rire. Il fallait que je trouve un truc pour le rendre triste.

– Il se pourrait, j'ai dit, qu'il se soit passé *des choses* dans ma vie.

Gros échec, parce qu'il s'est remis à ricaner. Mais différemment. D'une façon qui m'a déplu. J'ai cru percevoir dans ce ricanement un peu du mépris que Roxane me porte.

– Décidément, j'ai dit, tu passes une journée hilarante avec moi.

Il a cherché ses mots en regardant ses ongles.

– Non, mais Jeanne, franchement. Tu fais pitié...

– Pitié ? Moi ? Pourquoi ?

– Quand tu dis qu'il t'arrive *des choses.*

J'ai essayé de comprendre ce qu'il voulait dire. Impossible. Je ne voyais pas en quoi le fait que des événements se produisent dans ma vie pouvait faire de moi une fille pitoyable. Heureusement, ou malheureusement, il s'est expliqué.

– Tu es justement quelqu'un à qui rien n'arrive jamais. RIEN.

– Hein ?

– Ben ouais. Entre tes petites balades dans la rue, le soir, ta copine clodo, ta sœur hippie, ton père qui sort jamais de son bureau, franchement… Je t'adore mais ne viens pas me raconter qu'il se passe des choses dans ta vie.

– Tu m'adores ?

– C'est une façon de parler.

– Ah. Et Roxane, par contre, il s'en passe des trucs dans la sienne, de vie ?

Il a pris son temps, pour montrer que le sujet était vaste, sans doute trop complexe pour quelqu'un comme moi, dont l'existence était à peine plus palpitante que celle d'une chaussette célibataire.

– Disons que Roxane, tous les étés, elle visite un pays avec ses parents. Et pas n'importe quel pays. Le Laos, la Croatie, l'Alaska… Elle a connu des galères pas possibles, des pannes de jeep en plein désert, tu vois le genre.

– Plus ou moins.

– *L'aventure !* a résumé Théo, plein de pitié pour ma vie misérable.

Son téléphone a bipé. D'après la provenance du son, je suppose qu'il l'avait dissimulé dans son caleçon.

– Excuse, il a dit. J'ai une alerte.

Et il a filé dans son buisson.

Bon débarras ! Et bon courage à Roxane. En temps normal, ce qu'il venait de me dire aurait dû me détruire, mais, comparées à mon million, les petites histoires de Roxane – dont les trois quarts, à mon avis, relevaient de la fiction pure et simple – paraissaient ridicules. J'ai remisé tout ça dans un coin de mon cerveau, que j'appelle le grenier, où je stocke les mauvais souvenirs et les paroles blessantes. Ils y prennent la poussière sans m'encombrer. C'est très pratique.

La journée s'est traînée, trop normale et trop lourde jusqu'à la fin des cours. Ensuite j'ai cavalé, direction la maison, j'ai monté les marches au galop, raflé le téléphone dans la chambre des parents pour appeler ma sœur.

– Tu es rentrée ? s'est renseigné papa, dans son bureau.

– Non, c'est un cambrioleur.

Ma sœur a répondu tout de suite. C'était bien. La vie s'accélérait.

– Alors ? j'ai demandé.

– Tout va bien. Je vais toucher l'argent. Je me suis rendue au bureau de tabac, j'ai demandé au grand type qui tient la boutique comment il fallait s'y prendre.

– Patrick.

– Tu connais son prénom ?

– Non, pas du tout.

Je n'ai pas osé lui dire que maman l'aimait bien.

– Enfin bref, elle m'a répondu. Il m'a expliqué comment faire pour l'argent. Et surtout, il m'a promis, juré qu'il ne révélerait pas mon nom.

J'étais légèrement déçue. Un instant, j'avais imaginé que des infos fuiteraient. Demain, à l'école, j'aurais été accueillie en star. Bien malgré moi mais, que voulez-vous, ça n'aurait pas été ma faute si Patrick n'avait pas su se taire ! Imaginer la tête de Théo et celle de Roxane m'a fait pousser un petit gloussement de joie imaginaire.

Ma sœur m'a donné des tas de détails administratifs ennuyeux, comment elle allait ouvrir un compte, les documents qu'il fallait fournir. Elle avait visiblement passé ses journées dans la paperasse.

– Et Ben ? Comment il a réagi ?

– Il est fou de joie.

– Parce que vous êtes riches ?

– Non, parce qu'on va pouvoir faire de belles choses.

Nouvelle petite déception gênante. J'espérais peut-être que Ben allait s'insurger contre les projets de ma sœur, exiger qu'elle me rende la plus grande partie de l'argent pour que j'achète des objets qui auraient fait enrager Roxane.

Ridicule ! J'ai secoué la tête, fâchée contre moi. Cha, de toute façon, ne tenait pas vraiment compte de ma présence au bout du fil. Elle déroulait une liste de projets, d'associations, de causes humanitaires auxquels Ben et elle allaient, dès que possible, consacrer des sommes plus que généreuses.

– C'est génial ! j'ai répondu, avec ma voix de canard.

– Jeanne ? Tu vas bien ?

– Ben oui, pourquoi ?

– Tu as l'air bizarre…

Ah bon. Décidément. C'était peut-être vrai, au fond. J'étais sans doute bizarre. Moins que Clochette, mais à peine. Si nous nous entendions si bien, elle et moi, c'était sûrement grâce à notre bizarrerie. Mais étions-nous toujours amies ? Cette question m'a soudain paru plus importante que toutes les autres et j'ai abrégé le coup de téléphone, en inventant que j'étais encore un peu fatiguée, suite à ma maladie de la veille.

– Ta maladie ? Mais c'était un prétexte pour me voir, non ?

– Ah oui, pardon.

– Jeanne, tu es *vraiment* bizarre. Tu es sûre que tout va bien ?

J'aurais voulu lui parler de Roxane, mais à quoi bon ? Je n'étais pas certaine que ma vie, depuis l'arrivée du million, intéressait beaucoup ma sœur. Horrible pensée.

Le million m'est tout à coup apparu comme une espèce de mille-pattes. Un insecte hideux qui s'était introduit dans notre quotidien. Métaphore moche. Je ne sais pas si ça porte un nom.

À la cuisine, papa et moi nous avons mangé des céréales au chocolat sans parler. C'est difficile de parler, quand on mange des céréales au chocolat très croquantes. On ne parvient ni

à articuler ni à entendre. Alors on se tait, mais on est bien. Papa et moi, on a toujours aimé les mêmes céréales. C'est un lien fort entre nous, je crois.

– Tu me trouves bizarre ? j'ai demandé en déposant mon bol dans l'évier.

Normalement, il ne faut pas se contenter de le déposer. Il faut le rincer, l'essuyer et le ranger. Mais, quand on pose une question en même temps, papa se laisse distraire et c'est lui qui finit par laver nos deux bols, sans y penser.

– Bizarre ? Comment ça ?

J'ai enfilé mon manteau et je suis sortie pour essayer de trouver Clochette.

– Tu sors ? a demandé papa.

9

Il se passe des trucs

Je n'ai pas retrouvé Clochette, et ça m'a vraiment inquiétée. Il m'était déjà arrivé de ne pas la voir pendant plusieurs jours. Mais là, j'avais le sentiment que c'était de ma faute, et j'ai horreur que les choses soient de ma faute.

Allez, je ne raconte pas la suite de la soirée. Pas sûr que ce soit très intéressant pour le lecteur, la soirée d'une fille qui se fait du souci. Moi, ça m'aurait plu de décrire tout ce que je fais quand je suis inquiète, comment je fabrique des milliers de petites nattes avec mes cheveux, avec les franges des rideaux, avec les poils du tapis, comment je les défais, comment je les recommence, ou encore comment je trottille en rond dans ma chambre, et les choses bizarres auxquelles je pense pour tenter de trouver le sommeil.

Non, allez. On n'a pas le temps. La suite. Tout de suite. Je saute par-dessus la nuit.

À partir du lendemain, la vie s'est accélérée encore davantage, parce qu'il se passait des trucs. Petits et gros, mais presque toujours intéressants. J'ai moins pensé à Clochette.

Je téléphonais à ma sœur presque tous les soirs, pour savoir où elle en était. Ben et elle avançaient assez vite. Ils ont commencé par verser des sommes relativement modestes à des organismes de notre ville. Comme s'ils s'entraînaient.

Par exemple, le mercredi suivant, en allant à mon cours de musique (je joue de la trompette, je n'en ai pas parlé parce que je passe sous silence les aspects trop bruyants de ma vie, mais c'est bien, la trompette, ça détend), je suis passée devant le local de l'association Señorita. Elle s'occupe des petits vieux trop tristes et trop seuls, qui se déplacent lentement et agacent les gens pressés. D'habitude, leur local me déprime un peu. Il est lui-même assez décrépit et on voit, par les fenêtres, des personnes très âgées disputant des parties de quelque chose ou mâchant des boudoirs. Un peu l'ambiance de la garderie, quand j'étais à la maternelle, en plus mou et silencieux.

Mais ce mercredi-là, ni mollesse ni silence. Les bénévoles étaient en train de décorer la grande salle avec des guirlandes et des lampions, tandis qu'une équipe de techniciens installait une grosse sono.

J'ai demandé à Sophie ce qui se passait. C'est la responsable de l'association et j'aime bien m'arrêter pour discuter avec elle en chemin.

– On organise un bal ! elle m'a répondu, avec un sourire encore plus enthousiaste que d'habitude.

– Un bal ? C'est génial !

Elle s'est penchée et s'est mise à parler moins fort, comme une conspiratrice.

– Oui, figure-toi qu'on a eu un *don anonyme*. Je ne te dirai pas de combien, parce que c'est confidentiel, mais un joli paquet. On a pu louer la sono et on prévoit un voyage à Paris avec nos adhérents. On va équiper mieux la salle, aussi. Il y aura des fauteuils de relaxation, une bibliothèque… On a plein d'idées !

– Un don anonyme ? Ça arrive souvent ?

– Non, jamais. Surtout d'un tel montant. Quand une grosse entreprise nous aide, d'habitude, elle s'arrange pour le faire savoir. Là, tout était en règle mais la banque nous a précisé que le donateur ne souhaitait pas se faire connaître. Je sais juste qu'il s'agit d'un particulier. Peut-être un milliardaire philanthrope. En tout cas, on lui dit merci !

– De rien ! j'ai répondu sans réfléchir.

Je pensais au mot philanthrope, dont j'ignorais le sens.

J'ai vérifié depuis. Ça veut dire : « qui aime les humains. »

Est-ce que j'aimais les humains, moi ? Les humains en général ? Il fallait que j'y réfléchisse.

Sophie s'est excusée, elle devait me laisser pour aller aider les techniciens.

Après, j'ai sautillé jusqu'à mon cours de musique et j'ai soufflé comme une folle dans ma trompette.

– Tu vas réveiller les morts ! a gémi ma prof en se bouchant les oreilles.

Les morts, pas sûr, mais les autres peut-être.

Le lendemain, en me promenant, j'ai enfin croisé Clochette !

J'étais si contente que j'ai failli tout lui révéler. Par chance, je me suis retenue à temps. Elle n'avait pas l'air de m'en vouloir mais je l'ai trouvée en petite forme. Son nez coulait.

– Clochette, tu es enrhumée ?

– Oui. Il commence à faire humide.

Elle a scruté le ciel avec une moue boudeuse. Ça m'a serré le cœur. J'aurais tellement voulu l'aider. Mais comment faire ?

Au lieu de ça, je lui ai parlé de Roxane et de Théo. Je pensais qu'elle me donnerait des conseils utiles, riches de son expérience d'adulte, mais elle a dit n'importe quoi :

– Tu es jalouse.

– Moi ? Jalouse ? De qui ?

– De Roxane, bien sûr. Théo lui tourne autour.

– Mais je ne suis pas amoureuse de Théo.

– Bien sûr que si.

N'importe quoi, je vous dis. Après, elle a

fouillé dans sa poche, en a extirpé un bout de tissu jaunâtre et s'est mouchée dedans. Mes coups de trompette, à côté, auraient paru bien timides.

– Quoique, elle a ajouté, Théo fait peut-être ça *pour* te rendre jalouse. Il est très peu probable qu'il soit attiré par Roxane.

– Comment tu le sais ? Tu ne la connais pas.

– Non, mais toi, je te connais.

Elle n'a rien ajouté. Je suis rentrée chez moi, mi-furieuse, mi-ravie.

Et là, surprise, j'y ai trouvé Théo. Théo et ses parents.

Quand je disais qu'il se passait des trucs ! Peut-être que j'aurais dû prévoir un chapitre par truc, pour que ce soit plus clair. C'est ce que fait mon père, généralement. Il m'a expliqué : chaque chapitre doit comporter un événement *important*. Un événement *surprenant*. Un seul. Mais, dans ma vraie vie, les événements importants et surprenants s'entremêlaient. Il fallait bien que je m'en débrouille !

Pour l'instant, l'événement, c'était Théo et ses parents, donc. Alors tant pis, je les mets dans mon chapitre.

En les voyant, j'ai dû faire une tête anormale, parce qu'ils m'ont tous regardée avec inquiétude.

– J'ai l'impression, a dit papa, que Jeanne a oublié que vous étiez invités ce soir.

– Elle est distraite, en ce moment, a complété maman.

C'était vrai, j'étais distraite. Ou alors, c'est

papa qui ne m'avait pas parlé de cette invitation. Ou il me l'avait dit en croquant ses céréales et je n'avais pas entendu. Bref. Je les ai accueillis aussi poliment que possible.

Non, mais en fait, j'attaque un nouveau chapitre. Parce que ce repas, croyez-moi, il en vaut la peine.

10

À table

Le dîner, comme d'habitude lorsque nous avons des invités, s'est déroulé pesamment, avec lenteur. Papa et maman avaient préparé leurs plats préférés – ou, plus exactement, maman avait décidé du menu et papa s'était mis aux fourneaux. Il nous a servi tout ce que jamais, au grand jamais, on ne pourrait manger chez ma sœur: beaucoup de sauce, beaucoup de viande, beaucoup de crème. C'était comme une revanche sur le déjeuner au mobile home.

– J'envisage de devenir végan, a annoncé le père de Théo en reprenant une part de tripes.

Maman a fait semblant de se trouver mal.

– Ah non, Jérôme ! Pitié ! Pas toi !

– Je rigole, a dit Jérôme en rigolant.

Jérôme est gentil, mais il postillonne beaucoup.

Théo et moi, on se tenait face à face, en bout de table. De temps à autre, il jetait, à la dérobée, des coups d'œil sur son téléphone, qu'il sortait de sa poche. J'ai bien vu, à un moment, qu'il ne se contentait pas de surveiller son site d'enchères. Il échangeait des SMS !

Pas besoin de demander avec qui.

Ça m'a énervée au-delà du vraisemblable. Peut-être même au-delà du vrai. Pas pour des questions d'amour, ou je ne sais quels délires de Clochette, mais parce que je déteste la grossièreté.

– J'existe ! je lui ai dit.

Là, ça a été très gênant. J'avais crié un peu trop fort, et pile au moment où tout le monde se taisait. Petit coup de malchance.

– Hein ? a demandé Théo en levant les yeux.

– Rien. Je trouve juste que c'est vraiment grossier de consulter son téléphone à table.

Les adultes ont échangé des regards. Ils ne savaient visiblement pas comment réagir.

La mère de Théo m'a soutenue – elle ne pouvait pas faire autrement –, mais j'ai bien vu que ma remarque l'avait énervée.

– Théo, range ce machin.

Théo a fait la tête typique de la plus grosse victime d'erreur judiciaire de tous les temps. Comme si on ne lui avait jamais rien dit de plus cruel et de plus injuste depuis qu'il était au monde.

– Quel machin ? il a demandé.

– Ton téléphone, j'ai insisté. Celui avec lequel tu *dragues* à table.

J'ai peut-être été un peu loin, mais ça m'a fait du bien. Théo a évalué le carrelage, pour voir s'il avait la place de se rouler par terre, comme quand il était petit. Il a dû juger que non ; il est resté assis et s'est contenté de plaquer ses mains sur sa poitrine, d'écarquiller les yeux et de rougir.

Les adultes se sont mis à parler tous en même temps.

– Hé, hé ! a ri papa.

– Jeanne ! a grondé maman.

– Calme-toi, Théo ! a supplié sa mère.

– Dites donc, a dit Jérôme en reprenant des pommes de terre, vous avez vu tous ces dons anonymes, en ce moment ?

Silence. Théo m'a désintégrée du regard en formant des mots muets avec sa bouche, genre « Tu me le paieras, on ne va pas en rester là, crois-moi ».

Et d'autres mots, aussi, que je tais, parce que j'ai horreur de la grossièreté.

C'est vrai qu'il est assez beau, quand il est en colère. Je lui ai souri.

– Comment ça ? a demandé papa.

– Des dons anonymes, a confirmé Jérôme. Quelqu'un, en ce moment, arrose les associations. Il y en a pour tout le monde, les SDF, les migrants, les vieux, les femmes, les orphelins, les handicapés, les…

– Oui, j'ai cru voir passer quelques articles dans la presse locale, a répondu maman, moyennement intéressée.

Moi, au contraire, j'étais tout ouïe. Pour une fois qu'il se disait quelque chose de passionnant à table !

– Ben oui, c'est moi qui les écris, a précisé Jérôme, un peu vexé. On n'arrête pas de m'appeler pour me parler d'une nouvelle aumône-surprise. Tout à l'heure, j'étais au refuge pour animaux abandonnés. Ils vont s'agrandir grâce à ce généreux donateur anonyme.

– Anonyme ? a demandé papa.

– Anonyme, oui. Enfin, pour l'instant. Si ça se trouve, il va se dévoiler dans trois jours, et on va apprendre que c'est un chef d'entreprise du coin qui veut faire sa pub ou se présenter aux élections.

– Ça, ça m'étonnerait, j'ai dit. Les chefs d'entreprise sont rarement philanthropes.

Mais les adultes n'ont pas réagi à ma remarque. Théo continuait de m'envoyer des malédictions silencieuses. Au moins, il avait oublié son portable.

– Et ce n'est pas tout, a poursuivi Jérôme. Il semblerait que, même au niveau national, des associations aient reçu de l'argent. Une mystérieuse vague de générosité. Le rigolo, c'est que certains journalistes sont allés poser des questions aux milliardaires les plus en vue et leur ont demandé pourquoi ils n'en faisaient pas autant. Il paraît que certains vont se sentir obligés de lâcher un chèque.

J'ai fermé les yeux, rose de plaisir et de fierté. J'adorais ma sœur, j'adorais Ben, et je trouvais Théo presque pardonnable d'adorer Roxane.

Théo, justement, s'est levé avec un petit signe de tête à mon intention. C'était notre signal quand on était petits. Il signifiait : «Viens, on sort de table, on va jouer dans ta chambre.»

Je me suis levée, sans réfléchir.

–Vous nous quittez ? a demandé papa.

– On revient pour le dessert, j'ai répondu.

Quand on s'est retrouvés assis sur mon lit, j'ai tout de suite présenté des excuses à Théo. C'est vrai que j'avais été moyennement gentille. Je sais reconnaître mes torts quand je suis de bonne humeur.

– C'est bon, j'ai dit. Je te demande pardon.

Mais lui n'était pas disposé à passer l'éponge tout de suite.

– Ça t'a fait plaisir de m'humilier ? il a demandé.

– Un peu.

Ça ne l'a pas fait rire. Il a donné un coup de pied dans ma table de nuit qui n'a pas remué d'un millimètre, parce qu'en fait, c'est une grosse souche de chêne que Ben m'a offerte pour mon anniversaire. Le pied de Théo a eu très mal, par contre.

C'est quand il s'est mis à sortiller (sautiller en se tortillant) pour chasser la douleur que j'ai remarqué ses chaussures.

– Tiens, j'ai dit, tu as réussi à les acheter, tes tennis, finalement ?

Elles étaient gigantesques et hideuses, comme s'il avait chaussé une paire de stations orbitales.

Théo a eu un sourire qui m'a déplu. Un vrai sourire faux.

– Plus ou moins, il a répondu.

– Tu les as *plus ou moins* achetées ? Ça veut dire quoi ? Tu en as payé une et tu as volé l'autre ?

Il a remué la tête en essayant de se donner un air mystérieux.

– Non, ça veut dire qu'on me les a *offertes*.

– *On ?* Tu veux parler de Roxane ?

Je n'en revenais pas. Cette fille achetait l'amour de Théo avec une paire de godasses.

– Bien vu, il a confirmé.

– Elle a passé du temps sur un site d'enchères pour toi ? C'est plus de l'amour, c'est de la passion !

– Non, a triomphé Théo. Elles sont *neuves*.

Roxane a les moyens de faire plaisir à ceux qu'elle apprécie.

Je me suis rappelé que les parents de Roxane étaient dentistes, ou consultants. Très riches, en tout cas. Ma bonne humeur a presque disparu. Je savais Théo superficiel, mais pas au point de se vendre pour si peu.

Je cherchais quelque chose à dire, mais il ne me venait que des mots tristes qui aggraveraient notre dispute. Or, j'avais envie d'espoir, de douceur, de paix. L'action de ma grande sœur en faveur du monde était si belle ! Courageusement, j'ai tenté d'oublier Roxane.

– Qu'est-ce que tu en penses, toi, de ces gens qui distribuent des sous aux pauvres ?

Il a haussé les épaules.

– Ça ne va pas changer grand-chose.

– À quoi ?

– Au problème.

– Ah bon, et c'est quoi le problème, selon toi ?

Il a soupiré, comme si j'étais vraiment désespérante de naïveté.

– Le problème, c'est que ce n'est pas en faisant des cadeaux aux gens qu'on les aide à se débrouiller dans la vie.

Alors ça, c'était la meilleure !

– Donc tu vas rendre les chaussures à Roxane ?

Après, on s'est disputés, et il m'a dit :

– De toute façon, tu ne peux pas comprendre.

Comme je ne comprenais pas ce que je ne pouvais pas comprendre, il a désigné un à un tous les objets de ma chambre. Et là, j'ai saisi. Il n'y avait que des bidules sans valeur, ou des machins misérables, des objets récupérés chez Emmaüs, des cadeaux de ma sœur, des châtaignes et des cailloux trouvés au bord du chemin, en promenade, des coquillages, des livres.

J'ai vu ma vie par ses yeux. Elle ne valait pas beaucoup mieux que celle de Clochette.

Ou plutôt, c'était pire, parce que j'avais *choisi* de ne rien posséder d'intéressant, selon ses critères. Moi, chaque caillou collectionné me rappelait un bon souvenir, un été, un sourire. Pour lui, c'était du bazar, du rebut de débarras, du rien.

Mais comment lui expliquer ça ? Je n'avais plus la force de me disputer.

Ma tristesse soudaine l'a radouci.

– Tu sais, il m'a confié, à l'école, les gens te trouvent un peu bizarre.

– Tu me l'as déjà dit. Bizarre comment ? Genre folle ?

– Genre pauvre.

J'étais en train d'hésiter entre éclater en sanglots et exploser de rage quand papa a entrouvert la porte.

– À table, les enfants ! Le fondant banane-chocolat-chantilly est servi.

Nous l'avons suivi, sans un mot. Quand j'ai croisé le regard de Théo, je m'attendais à y voir une lueur de triomphe. Il m'avait vaincue.

Mais non, c'était pire. Il n'y avait que de la douceur dans ses jolis yeux.

Théo avait pitié de moi.

Ça méritait bien un chapitre entier, non ?

11

Popeye

La journée du lendemain a été atroce.

Roxane triomphait, paradant avec Théo dans la cour. Lui, il n'avait même plus besoin de se dissimuler dans son buisson pour guetter les bonnes occasions. Roxane était devenue, à ses yeux, plus intéressante qu'Internet.

D'ailleurs, j'ai remarqué d'autres détails qui m'avaient échappé. Outre les chaussures neuves, il possédait maintenant une trousse rutilante ornée de héros de jeux vidéo, un t-shirt de foot et une casquette de rap.

– Tu es très beau, j'ai dit, en essayant d'avoir l'air sérieuse.

Ça lui a fait tellement plaisir qu'il m'a

remerciée. Avec un sourire satisfait, il a contemplé son reflet dans une flaque et puis, machinalement, il a plongé la main dans la poche de son pantalon, en a tiré son vieux téléphone tout moche et l'y a remis en remuant la tête.

Je n'ai pas pu résister :

– Tiens, tiens, j'ai dit, ton amoureuse ne t'a pas encore offert le dernier Papaye Méga Mastoc ?

– Popeye 18, 5G, 300 gigas, appels illimités. Et ce n'est pas mon amoureuse.

– Ah bon ? Juste une bonne copine qui joue à la poupée avec toi ?

Il a poussé un long soupir, avant de faire une tête de vieil adulte raisonnable s'adressant à une gamine débile.

– Écoute, Jeanne, il a fait.

– Quoi ?

Lentement, délicatement, il a tiré un gros fil de laine qui dépassait de mon pull, montré une tache de bouillasse sur mon jean, désigné mes vieilles chaussures abîmées.

– On reparlera de tout ça quand tu prendras un peu soin de ta personne, d'accord ?

La colère m'a étranglée, mais j'ai quand même réussi à protester.

– C'est pas une question de soin ! C'est un choix ! Il faut *changer nos habitudes* si on veut sauver le monde.

Mais il s'éloignait déjà.

– C'est ça. Quand on aura tous des looks de miséreux, le monde ira beaucoup mieux.

Et il a rejoint Roxane qui l'attendait en pouffant avec ses copines.

C'est très pénible de haïr son meilleur ami. Tout le reste de la journée, j'ai continué à suffoquer de rage, formant des projets de vengeance ignobles. Glisser des photos compromettantes de Théo dans le casier de Roxane, par exemple. J'en possède quelques-unes qui datent de la maternelle, assez gratinées.

Et puis, comme la vie est quand même souvent gentille, ma sœur m'attendait à la sortie de l'école, le soir.

Mon cœur a bondi quand elle m'a fait coucou du bout des doigts, et ma colère a fondu. Il me restait juste une boule dure dans le ventre.

– C'est fou, comme tu grandis, elle a dit en m'embrassant. Bientôt le collège, les études…

Je me suis serrée contre elle et on a marché.

– J'ai prévenu les parents qu'on allait prendre un pot, toutes les deux.

Prendre un pot toutes les deux, c'est une expression de Cha. Un synonyme de total bonheur. On s'est assises au fond du salon de thé où elle m'emmène depuis que je suis toute petite, pour discuter de la vie. On n'y a jamais bu de thé. Toujours, au contraire, du chocolat épais comme du goudron, accompagné de pâtisseries moelleuses et sucrées. Ça paraît incompatible avec les principes diététiques de Cha et Ben et, j'avoue, ça l'est.

– Alors ? elle m'a demandé.

C'est la question qu'elle me pose toujours. Ensuite, je lui raconte tous mes secrets. Tout ce que je ne peux pas dire à nos parents.

C'était peut-être égoïste, mais j'ai été très contente qu'elle s'intéresse à moi, au lieu de me raconter en détail tout ce qu'elle faisait de bien avec le million. Ça prouvait qu'elle ne m'oubliait pas. Qu'elle ne changeait pas.

Je lui ai donc exposé mes soucis. Mes deux soucis principaux. Théo et Clochette. Dans l'ordre.

Elle a réfléchi, en remuant son chocolat. Ça aussi, j'ai apprécié. Cha, comme Clochette, ne se débarrasse jamais de mes problèmes en deux secondes, comme le font papa et maman, qui considèrent que, tant qu'on n'est pas entré dans l'enfer de l'âge adulte, rien n'est vraiment important.

Elle a souri. Elle avait trouvé la solution. Les solutions. J'ai mordu dans mon mille-feuille, soulagée d'avance.

Au bout d'un moment, elle a rendu son verdict :

– C'est facile. On est riches.

Sur le coup, j'ai été un peu déçue. Encore l'argent ! Comme s'il était le remède universel. Venant d'elle, c'était bizarre.

– Pour Clochette, elle a dit, on va lui donner de quoi passer l'hiver.

J'ai froncé les sourcils. Est-ce qu'elle m'avait mal écoutée ?

– Mais, Cha, je t'ai expliqué qu'elle refusait la charité ! Elle...

Ma sœur m'a interrompue en agitant la main.

– T'inquiète. Tu vas ruser. En fait, c'est très simple. On va mettre plein de gros billets dans une enveloppe que tu placeras à un endroit stratégique, comme si quelqu'un l'avait perdue. Et tu t'arrangeras pour que Clochette la trouve. Ça ne sera pas de la charité. Juste un coup de bol.

C'était simple, en effet. Sûrement trop.

– Clochette n'est pas idiote, j'ai objecté. Elle va se douter de quelque chose.

– À toi d'être convaincante.

Après tout, c'était peut-être jouable. J'avais pris des cours de théâtre, en CM1. J'allais mentir à ma vieille copine, mais est-ce que c'est grave de mentir pour la bonne cause ?

À cette question, Cha a répondu par une autre.

– Ça ne t'est jamais arrivé de faire semblant d'être contente quand papa t'offrait un cadeau ?

Notre père ne nous offre QUE des cadeaux affreux. Une vraie malédiction. Du parfum pour mamies, des jouets pour bébés, des CD pour personne.

– Si, j'ai avoué. J'essaie de ne pas lui faire de peine.

Elle a hoché la tête.

– Donc voilà. Problème réglé. Question suivante : Théo.

J'étais très curieuse d'entendre sa proposition. Franchement, si elle arrivait à le faire revenir à la raison, je lui tirais mon chapeau. (J'ai un chapeau breton, c'est papa qui me l'a offert, je ne l'ai jamais mis.)

– Je vais t'offrir un téléphone, a dit ma sœur.

J'ai failli m'étouffer avec mon mille-feuille.

– Hein ?

– Un Popeye truc-bidule dernier cri.

Je ne comprenais pas.

– On traite le mal par le mal, elle a expliqué. Théo t'aime beaucoup mais il ne te croit pas quand tu dis que tu ne *veux pas* acheter des choses chères. Il pense que tu es pauvre, ou que nos parents sont radins.

– Ce qui n'est pas tout à fait faux.

– Oui, mais peu importe. Si tu possèdes le gadget dont il rêve et qu'il voit que pour toi, ça n'a aucune importance, il comprendra mieux tes choix.

Elle s'est penchée vers moi et a susurré, avec un beau sourire :

– Et l'autre *pétasse*, elle sera verte de jalousie.

C'était la première fois que j'entendais ma sœur prononcer le mot pétasse. J'ai éclaté de rire. Ça m'a fait beaucoup de bien.

– Là, j'ai dit, je saisis mieux ton plan. Mais papa et maman ne voudront jamais que j'aie un portable à dix ans !

Elle a fait une moue, celle qu'elle réserve aux tout petits tracas.

– Tu n'es pas obligée de le leur montrer. De toute façon, tu t'en serviras très peu, j'imagine. C'est juste un accessoire, comme au théâtre. Allez, on fonce.

Une heure plus tard, tout était réglé. Cha est passée à la banque et en est ressortie avec une enveloppe bourrée de grosses coupures.

– Ne la perds pas. Avec ça, Clochette pourra se payer ce qu'elle voudra. Des vêtements chauds, des nuits d'hôtel, des repas.

Ça lui laissera le temps de voir venir. Après, on avisera.

J'ai glissé l'enveloppe sous mon pull. On est entrées ensuite dans une boutique de téléphonie. C'était un espace sinistre, blanc, un genre de bijouterie du futur, qui présentait ses appareils dans des vitrines sécurisées. Les vendeurs étaient tous jeunes et soigneusement mal rasés. Ils nous ont lancé un regard méfiant, peut-être à cause de nos tenues peu cool.

– Je vais vous prendre celui-là, a annoncé ma sœur en montrant le téléphone des rêves de Théo.

Heureusement, à force de l'entendre, j'avais fini par retenir son nom exact.

Le vendeur a obéi sans protester. Cha, depuis qu'elle manipulait des sommes énormes, avait acquis une autorité nouvelle. C'est donc vrai : l'argent donne du pouvoir.

– Et je souscris un abonnement. Tout de suite. Il faut qu'il soit opérationnel demain.

– Pour l'abonnement, a expliqué le vendeur, il y a un petit délai, nous devons…

– Si je vous achète deux autres portables, l'a interrompu ma sœur, vous ferez un effort ?

Le vendeur n'a plus rien dit. Quand nous sommes ressorties de la boutique, le téléphone fonctionnait.

– Qu'est-ce que tu vas faire de deux portables ? j'ai demandé.

– Avec tout le travail qu'on a pour gérer le million, ça sera utile. Ben et moi, on avait juste notre vieux coucou poussif. On sera plus efficaces.

Elle m'a raccompagnée jusqu'à la maison.

– À toi de jouer, elle m'a dit. Tu me raconteras, promis ?

– Promis. Je mettrai tout ça dans un livre.

– Excellente idée.

J'ai ouvert la porte de la maison, crispée, serrant l'enveloppe contre mon cœur, le téléphone dans ma poche. Papa mangeait des céréales dans la cuisine. Je lui ai fait un petit signe en passant et je suis montée à toute vitesse, pour cacher mes trésors.

– Tu vas dans ta chambre ? il a demandé.

12
La petite chèvre

Il était trop tard pour partir à la recherche de Clochette, ce soir-là. Et puis, j'avais besoin de me préparer. Le plan de ma sœur, à la réflexion, me paraissait hasardeux. J'avais compté les billets dans l'enveloppe. La somme était faramineuse. Je n'aurais jamais imaginé qu'on puisse faire tenir autant d'argent dans un si petit volume. Qui pouvait égarer une somme pareille, franchement ? C'était invraisemblable. Mais bon, l'invraisemblable, je n'y crois plus tellement.

Alors je ne me suis pas découragée. J'allais trouver quelque chose, sûr. Je m'arrangerais pour dissimuler l'enveloppe dans un coin sombre, près de la fontaine au lion. Et après… Après, on verrait bien. Je n'ai pas de problème pour inventer. Je suis romancière, oui ou non ?

Disons, peut-être.

J'ai mal dormi.

À cause des soucis tout neufs qui me titillaient, mais aussi parce que cet idiot de Popeye n'a pas arrêté de bourdonner, de tinter, de lancer des éclats. Sur l'écran, des messages d'un ennui total, des histoires d'applications qui s'installaient, se mettaient à jour.

J'ai quand même réussi à saisir quelques numéros dans son répertoire. Pas beaucoup, en fait. Celui de la maison, celui de ma sœur, celui de Théo.

J'avais l'impression d'être entrée dans un monde nouveau, qui me déplaisait.

Le lendemain, en voyant ma tête dans le miroir de la salle de bains, je me suis sentie abattue. Ma colère de la veille contre Théo ne s'était pas réveillée. Après tout, s'il était heureux avec Roxane, qu'est-ce que ça pouvait me faire ? J'avais d'autres chats à bichonner, d'autres rêves à réaliser. Il aurait été beaucoup plus utile et intelligent d'aider Ben et Cha à réparer la terre entière.

À tout hasard, j'ai quand même fourré le téléphone au fond de mon sac, après avoir vérifié quatre fois qu'il était bien éteint – pas question de ruiner ma réputation auprès de la maîtresse –, et j'ai pris le chemin de l'école.

À peine arrivée dans la cour, je les ai vus. Assis sur le muret, au fond de la cour, ils discutaient en rigolant, sapés comme deux mannequins dans une vitrine.

Peut-être que j'aurais pu le supporter. J'avais des amies, des vraies, et si Théo décidait de me laisser tomber, tant pis pour lui.

Mais Roxane m'a montrée du doigt puis s'est caché la bouche pour glousser. Et Théo a fait pareil.

C'est étonnant comme la rage vous envahit en moins d'une seconde, alors qu'il faut des heures pour la chasser. D'un coup, je suis devenue un pitbull mal élevé. Oui, on peut mélanger les métaphores et les hyperboles. C'est même très agréable.

J'ai marché vers eux, à pas aussi lents que possible, je me suis assise sur le muret à côté de Théo, je lui ai infligé deux bises bruyantes et j'ai fouillé dans mon sac.

– Ça va, les amoureux ? j'ai demandé.

Pas de réponse. Roxane a essayé de continuer à glousser mais, comme elle fronçait les sourcils en même temps, ça lui faisait une tête de folle.

Moi, tranquille, j'ai sorti le téléphone.

J'ai cru que Théo allait tomber du muret, face contre terre. Mais il s'est accroché et a réussi à articuler :

– Qu'est... Qu'est-ce que c'est que ça ?

Je lui ai accordé un petit coup d'œil en coin, tout en allumant l'appareil et en surveillant que la maîtresse ne me voyait pas. Trois actions

simultanées assez complexes, mais j'étais motivée, j'ai réussi.

– Ça ? C'est un téléphone. Pourquoi ?

Il s'est mis à trembler, les yeux rivés sur mon nouveau jouet. Roxane serrait tellement les mâchoires que j'ai cru entendre ses dents grincer.

– Un Pop… un Popo…

– LE dernier Popeye 18, 5G, 300 gigas, appels illimités, oui. À force de t'entendre en parler, ça m'a donné envie. Je me suis dit hop, et voilà. Tiens, je t'envoie un truc.

Et je lui ai expédié un gros cœur rose rigolard. Sa poche a tinté.

– Bon, moi, j'y vais, a annoncé Roxane.

Elle y est allée. Je l'ai regardée traverser la cour à grands pas haineux.

– Elle est sympa, Roxane, j'ai dit.

Je faisais la fière, mais je me demandais ce qui allait se passer. En fait, je n'étais plus très sûre de comprendre le plan de ma sœur.

– Tu devrais l'éteindre et le ranger, m'a fait

remarquer Théo. Si la maîtresse te voit avec ça…

– Mmmh ? Ah oui. Attends, je regarde mes messages.

J'ai tapoté l'écran au hasard et fait mine d'y lire des choses invraisemblablement drôles, avant de cacher l'appareil dans mon sac. Théo ne me quittait pas des yeux. Impossible de déchiffrer ce que me disait son regard, mais il était troublé. J'avais marqué un point. Mille points. Pour la suite, on verrait. Merci, Cha.

La suite de la journée a été intéressante et compliquée. Surtout pour Théo qui a subi une longue bouderie de Roxane mais qui n'osait pas la laisser clairement tomber pour revenir vers moi. De mon côté, j'ai joué la fille détachée. J'ai parlé avec mes copines, l'air de rien.

En réalité, je commençais à me faire du souci. J'avais décidé de remettre l'argent à Clochette le soir même. L'idée qu'une telle somme soit cachée sous mon matelas me rendait malade. Et si mes parents tombaient dessus ? (Quand on se fait du souci, les *si* passent à l'attaque.) Bon, il y avait très peu de risques. Je faisais mon lit soigneusement tous les matins et j'imaginais mal papa se dire : « Tiens, tiens, si j'allais fouiller un peu sous le matelas de Jeanne, histoire de voir si elle ne cacherait pas des billets, par hasard ? »

C'était complètement idiot mais, plus j'y pensais, plus je me disais que c'était possible. Papa semble inoffensif, comme ça, mais s'il m'avait trouvée bizarre hier soir ? S'il s'inquiétait pour moi ? Est-ce que ce n'est pas tout à fait normal, de la part d'un père, de vérifier régulièrement que sa fille ne cache pas quelque chose sous son matelas ? De la drogue, par exemple, ou des paquets de bonbons tout écrasés ? Je n'en sais rien, moi. Peut-être que, quand on devient parent, on reçoit une formation. Peut-être que le premier conseil que les instructeurs vous donnent, quand vous avez un enfant, c'est de fouiller régulièrement sa chambre pour s'assurer que tout va bien. Je me suis mise à transpirer et à imaginer des tas de prétextes au cas où, à mon retour, papa m'attendrait dans l'entrée, la liasse de billets à la main, le visage ravagé de tristesse…

– Jeanne ?

J'ai sursauté en réalisant que la maîtresse m'interrogeait depuis un bon moment et que tous les élèves avaient les yeux rivés sur moi. J'étais tellement plongée dans mes angoisses que je ne m'étais aperçue de rien.

– Oui, pardon, j'ai dit. Je réfléchissais.

– Eh bien, communique-nous le résultat de tes réflexions, s'il te plaît…

J'ai senti la panique m'envahir.

– Euh… à quel sujet ?

Il y a eu des rires parmi lesquels j'ai reconnu celui de Roxane. Normal.

– Au sujet du texte que tu étais censée lire.

J'ai baissé les yeux sur ma table. Il y avait un texte, effectivement. La maîtresse avait pitié de moi, ça se voyait. D'habitude, moi, les textes, je les dévore, je les gobe, je les ingère en trois secondes et j'en redemande. J'aime tout, dans les textes, même la forme des lettres et l'odeur du papier. Mais aujourd'hui, rien. J'étais plongée dans la réalité.

La maîtresse m'a patiemment rappelé la question :

– Que ressent l'héroïne de cette histoire ?

J'ai tenté de lire, mais les lignes me fuyaient.

– L'héroïne est… est perturbée, j'ai dit.

La maîtresse a hoché la tête, encourageante.

– Et pourquoi ?

– Elle… elle se pose plein de questions. Trop de questions.

– Quel genre de questions ?

J'ai tourné la tête vers Théo, comme pour l'appeler au secours. Je regrettais tellement le temps où tout allait bien entre nous. Où on s'entraidait. Où on ne parlait jamais de chaussures neuves, ni de téléphones, ni de Roxane.

– Des questions… des questions sur l'amour. Et… et sur l'argent.

La maîtresse a paru embarrassée, tandis que des rires s'élevaient à nouveau.

– Jeanne, je te rappelle que, dans ce texte, l'héroïne est une chèvre. Elle s'apprête à se battre contre un loup pour sauver sa peau. Pas sûr qu'elle ait le temps de s'interroger sur l'amour et sur l'argent.

Nouvelle explosion de rires. Celui de Théo, rappelant vaguement le cri d'un phoque, était très reconnaissable.

La maîtresse a fait taire tout le monde et le cours a repris son cours.

Quand la sonnerie a retenti, je me suis levée précipitamment. Je voulais rentrer chez moi le plus vite possible pour vérifier que ma vie n'avait pas encore basculé davantage dans la tragédie. Mais la maîtresse m'a rattrapée au passage.

– Reste une minute, Jeanne.

Il a fallu attendre que tout le monde sorte. Mes jambes tremblaient d'énervement.

– Qu'est-ce qui t'arrive, en ce moment ?

m'a demandé la maîtresse quand on s'est retrouvées seules.

Pendant une seconde, j'ai été tentée de tout lui raconter. Comme avec Clochette, l'autre soir. J'avais confiance en elle. On partageait la même passion pour les histoires. Mais non. Je n'étais pas la seule concernée. Cha aurait été déçue. Pas le choix, il fallait lui servir un mensonge.

– Je suis désolée… Je crois… je crois que je suis amoureuse.

Elle a souri de toutes ses dents, visiblement soulagée. Elle devait s'attendre à ce que mes parents divorcent.

– D'accord. Je comprends. Tu es pardonnée, alors. Mais essaie quand même de rester concentrée. Allez, file.

J'ai filé, mais elle m'a rattrapée au moment où je passais la porte.

– Jeanne ?

– Oui ?

Elle s'est approchée avec cette mine de

conspirateur que prennent les adultes quand ils veulent avoir l'air compréhensifs et complices.

– Un petit indice sur l'heureux élu ?

– L'heureux élu ?

Préoccupée par tout ce que j'avais à faire, je ne comprenais rien à ce qu'elle me disait. Ça a dû l'agacer parce que, d'un coup, elle a moins ressemblé à une conspiratrice qu'à une maîtresse qui s'apprête à vous coller une punition.

– Oui, Jeanne. L'heureux élu. Tu m'as confié que tu étais amoureuse.

– Ah oui, ça. Non, désolée, je ne peux rien vous dire.

Effacement total du sourire sur le visage de la maîtresse.

– Très bien. Comme tu veux. Je pensais que tu avais confiance en moi.

Elle m'a fait pitié.

– En tout cas, j'ai chuchoté, ce n'est pas Théo.

– D'accord, a opiné la maîtresse. Allez, rentre chez toi.

Elle souriait de nouveau. Les adultes sont quand même trop faciles à manipuler.

Je suis rentrée ventre à l'air. Le magot était toujours à sa place. J'ai glissé l'enveloppe sous mon pull et j'ai redévalé l'escalier.

Prise d'une inspiration subite, je suis remontée dans ma chambre, j'ai récupéré Popeye au fond de mon sac, je l'ai allumé et glissé dans la poche de mon pantalon.

Pourquoi ? Je ne sais pas exactement. Si, je crois savoir. Popeye est un cadeau de Cha. L'avoir avec moi pour partir en expédition me rassurait.

J'ai reredévalé l'escalier et ouvert la porte extérieure.

– Tu repars ? m'a demandé papa.

13

Un poulet poli

En fait, je crois que je suis complètement lamentable pour concevoir et exécuter des plans compliqués. C'est sûrement embêtant quand on envisage d'écrire des romans. Parce que, justement, j'adore les histoires tordues, avec des surprises, des stratégies impénétrables, des méchants très intelligents et des héroïnes encore plus futées qu'eux. J'en avais avalé des tonnes, des livres d'espionnage, des thrillers pas du tout de mon âge. Ceux que j'empruntais discrètement à maman étaient mes favoris. Ceux qu'écrit papa ne sont pas mal mais, comme il est un peu paresseux, il a tendance à intégrer sa famille et ses copains dans ses récits. Par exemple, chez lui, l'affreux criminel qui torture des jeunes filles a toujours la tête de tonton Gérard, son frère. Le paysan idiot qui vit seul dans une ferme glauque, c'est Jérôme, le père de Théo. Ça me bloque, quand je lis. Mais, à part ça, tous ces auteurs arrivent à imaginer des péripéties ingénieuses.

Tandis que moi, là, face au monde réel, je me sentais démunie.

J'étais seule, place de la fontaine au lion, la nuit commençait à tomber. Collée à ma peau, l'enveloppe de billets s'humectait de sueur sous mon pull.

C'était pourtant simple. Il suffisait, par exemple, de la placer sous le banc et d'attendre que Clochette arrive.

Oui, mais si elle n'arrivait pas ? J'ai déjà dit qu'elle est imprévisible.

Ou pire, si quelqu'un d'autre se pointait et ramassait l'enveloppe ?

Même si j'affirmais qu'elle était à moi, comment pourrait-il me croire ?

Et si ce quelqu'un d'autre était louche ? S'il m'assommait pour me faire taire ?

Si, si, si, sinistre mélodie.

Je restais bêtement debout, face au banc, tremblotante.

Quelque chose a émis un petit son cristallin et il m'a fallu plusieurs secondes pour comprendre que c'était Popeye.

J'avais un SMS. De Cha.

Elle m'écrivait : « Coucou, ça y est, petite sœur, on est connectées ! Courage pour ta mission ! »

Juste ce dont j'avais besoin. J'ai fait un bisou à Popeye.

Je n'aurais pas dû parce que, apparemment, l'écran tactile est hyper sensible. Au contact de mes lèvres, des trucs automatiques se sont déclenchés, et Popeye a expédié une réponse à ma sœur : « Dinosaure. » Ne me demandez pas pourquoi.

Tant pis, on verra ça plus tard. Je l'ai remis dans ma poche, j'ai posé délicatement l'enveloppe sur les pavés humides, sous le banc, à mes pieds, et j'ai attendu.

Eh bien je m'en doutais, mais là, j'en ai eu la preuve : la magie existe.

Clochette est apparue.

Exactement comme elle apparaissait d'habitude, elle a débouché du coin de la rue, parlant toute seule ou avec ses copines dans sa tête, chassant un nuage de bestioles invisibles.

– Bonjour, Majesté, elle m'a dit.

Ça, c'est quand elle est de bonne humeur. Je lui ai offert un sourire aussi détendu que possible, mais j'ai dû échouer parce qu'en s'essayant à côté de moi, sur le banc, elle m'a attrapé le menton, regardée dans les yeux et déclaré que je n'avais pas l'air en forme.

– Toujours cet amoureux, Théo ? elle a demandé.

J'ai essayé de secouer la tête, mais elle me tenait toujours le menton.

– Les hommes, a-t-elle soupiré en me lâchant, c'est vraiment un fichu problème.

Comme je remuais nerveusement mon pied, je frôlais régulièrement l'enveloppe, sous le banc, ce qui produisait un petit bruit énervant, mais elle n'a pas paru s'en apercevoir. J'imagine qu'elle réfléchissait toujours au problème des hommes.

– Non mais ça va, Clochette, j'ai dit. Ça va très bien. Et toi, comment tu te sens ?

Là, j'essayais de paraître naturelle mais c'était raté. C'est vraiment dur de jouer son propre rôle.

– Oh, moi, tu sais, a dit Clochette.

Silence. J'ai inspiré profondément et je me suis jetée à l'eau.

C'est-à-dire que je me suis penchée en avant, comme pour plonger, et j'ai fait semblant de découvrir l'enveloppe sous le banc. Complètement ridicule mais je n'avais plus le choix.

– Oh ! je me suis exclamée, mais qu'est-ce que c'est que ce truc ! On dirait une enveloppe !

Et hop, je me suis penchée davantage, je l'ai attrapée et posée sur mes genoux. Ça n'avait pas l'air d'intéresser beaucoup Clochette qui méditait toujours en remuant les lèvres.

– Tu sais, elle a grommelé, des Théo, il y en aura d'autres. Beaucoup d'autres.

Pas très encourageant, comme idée, mais on n'était pas là pour parler de lui. Même absent, il fallait toujours qu'il s'impose.

– Clochette, j'ai l'impression qu'il y a quelque chose dans l'enveloppe. Et si c'était une lettre importante que quelqu'un avait perdue ?

Sans lui demander son avis, j'ai déplacé la chose de mes genoux aux siens. J'ai aussitôt ressenti un immense soulagement. Comme si on m'avait débarrassée d'une tonne de problèmes.

Mais, horreur, Clochette a attrapé l'enveloppe et l'a balancée, comme ça, n'importe où.

– Laisse tomber ce machin, c'est sûrement sale.

J'ai regardé le gros rectangle de papier brun

voleter, virevolter dans le vent d'automne. Heureusement, j'avais pris soin de bien le fermer. Au moment où il touchait le sol, un petit monsieur qui promenait son petit chien a fait son entrée sur la place. L'animal s'est rué sur l'enveloppe en remuant la queue.

– Oh, oh, a dit le monsieur, mais qu'est-ce que c'est que cette chose ? On dirait une enveloppe !

Je n'ai pas réfléchi. Me propulsant à la vitesse d'un SMS, je l'ai ramassée avant lui, malgré les aboiements du roquet.

– C'est à moi ! j'ai crié.

Mais le bonhomme ne semblait pas décidé à renoncer si vite.

– Pardon, mademoiselle, mais qu'est-ce qui me prouve que cette enveloppe vous appartient ? Mon chien vient juste de la trouver.

– C'est à moi, j'ai répété d'une voix lamentable.

Mon plan, déjà très mauvais au départ,

tournait à la totale catastrophe. En plus, quand on me vouvoie, je perds mes moyens.

Le chien, minuscule, heureusement, sautillait pour essayer d'atteindre l'enveloppe que je maintenais péniblement hors de sa portée. Le monsieur me fixait d'un œil soupçonneux.

– D'abord que faites-vous dans la rue toute seule, ma petite ? Où sont vos parents ?

Apparemment, trop intrigué par l'enveloppe, il n'avait pas vu Clochette. Ce qui explique peut-être son sursaut quand elle s'est, à son tour, levée du banc avant de marcher vers lui.

– Barre-toi, elle a dit.

Au moins, Clochette, elle met les gens à l'aise. Elle ne les vouvoie pas.

– Pardon, a balbutié le monsieur, mais vous ne devriez pas laisser votre fille…

– Barre-toi.

Il s'est barré, en protestant.

– Il avait l'air gentil, a commenté Clochette. Bon, c'est quoi, cette enveloppe ?

Je la lui ai tendue, elle l'a ouverte avant d'y plonger la main et d'en tirer une poignée de billets. Elle est demeurée un instant immobile.

Un long, un très long instant. Moi, je me demandais ce qu'une fille normale ferait à ma place dans cette circonstance. Je veux dire, pas une fille normale, une autre fille que moi. Ou plutôt, non, une fille qui serait moi mais qui se comporterait comme le ferait une fille normale découvrant, en même temps que Clochette, une somme énorme dans une enveloppe.

Je n'en avais aucune idée.

Alors j'ai fait :

– Oh !

C'était très moyen, mais Clochette n'a pas semblé m'entendre. Elle restait là, l'argent dans la main, comme s'il était radioactif. Il fallait que j'agisse.

– On dirait qu'il y en a beaucoup ! C'est incroyable !

Toujours aucune réaction de Clochette. Alors j'ai continué.

– Tu es riche ! C'est génial !

J'espérais (sans y croire du tout) être arrivée au bout de ma mission. Être venue à bout de cette horrible scène. Il ne me resterait plus qu'à féliciter Clochette pour sa chance et à rentrer retrouver papa qui me demanderait si j'étais rentrée.

Mais, bien sûr, ça ne s'est pas passé ainsi. Je crois que c'est le mot « riche » qui a fait tilter Clochette.

– Riche ? elle a demandé. Moi, riche ?

– Ben oui, tu as trouvé cet argent. Il est à toi, non ? Ça se passe comme ça quand on découvre un trésor.

Argument stupide. Elle a fourré les billets dans l'enveloppe et l'enveloppe sous son chandail mité.

Puis elle s'est mise en marche. Je lui ai emboîté le pas. Elle allait vite.

– Où tu vas, Clochette ?

– Au commissariat.

– Hein, mais pourquoi ?

Elle s'est arrêtée brutalement et j'ai failli lui rentrer dedans.

– Pourquoi ? Mais pour rapporter ce fric. Quelqu'un l'a perdu. Il doit être mort d'inquiétude.

Et elle s'est remise en route.

Je le jure, tout le temps du trajet vers le commissariat, j'ai essayé de lui faire changer d'avis. Je lui ai assuré que, si elle confiait de l'argent liquide aux policiers, ils allaient forcément le garder pour eux, que personne ne mettait de telles sommes dans une enveloppe à moins d'être un truand, un malhonnête, que voler un voleur, c'était une bonne action, que…

– Tais-toi, elle m'a dit. Tu me donnes mal au crâne.

J'ai continué, malgré tout. Nous sommes passées devant le bureau de tabac. Patrick se tenait sur le seuil. En me voyant, il a tressailli et m'a adressé un discret salut de la main. Je me suis demandé s'il ne fallait pas le remercier. Il était plus ou moins à l'origine de tous ces événements. Mais non, Cha avait beaucoup insisté sur l'importance d'être discrète alors j'ai juste répondu à son salut et j'ai poursuivi ma route, derrière Clochette.

– Tu le connais ? elle m'a demandé, comme si, tout à coup, elle flairait quelque chose.

– Moi ? Pas du tout. Maman lui achète des cigarettes.

Elle n'a rien répondu. J'ai voulu reprendre mon discours pour lui faire rebrousser chemin, mais je n'avais plus rien à dire, et on était arrivées. Que faire ? Appeler Cha, discrètement ? Peut-être qu'elle aurait une idée. Clochette est entrée dans le commissariat, je l'ai suivie.

C'était la première fois que j'y pénétrais, même si j'avais lu des dizaines de descriptions de postes de police. Dans les livres, ce genre d'endroit est plutôt inquiétant, fiévreux, agité, les inspecteurs y circulent à grands pas, une tasse de café à la main, un dossier sous le bras, on entend des cris lointains, des jurons, les portes métalliques des cellules secouées par les prisonniers.

La réalité, ce soir-là, était très différente. Nous avons été reçues par un homme assez jeune en uniforme qui se tenait derrière un guichet. En nous voyant, il a refermé un gros livre. Pas un polar, non. Plutôt un classique, sans illustrations.

– Mesdames ?

Clochette a paru apprécier cet accueil.

– C'est pas tous les flics qui sont polis comme ça, d'habitude, elle m'a murmuré, assez fort pour que le policier entende.

J'étais gênée mais il ne s'est pas vexé. Au contraire, il a souri. Il était plutôt beau. Non, pas plutôt.

–Voilà, a déclaré Clochette en posant l'enveloppe devant lui. Nous avons trouvé ceci.

Il a ouvert prudemment l'enveloppe, en a sorti les grosses coupures et ses yeux se sont arrondis. Puis, sans un mot, il a compté. Ça a été long.

– Eh bien ! il a conclu.

– Je vous le fais pas dire, a renchéri Clochette.

Un silence s'est installé. Chacun pensait à quelque chose. C'est le policier qui l'a brisé.

– Je trouve votre geste assez admirable et exemplaire, il a dit. Beaucoup, à votre place, auraient empoché les billets.

Flattée, Clochette a souri.

– Vous causez bien, pour un poulet.

– Merci. C'est que je lis beaucoup. Au départ, je voulais enseigner la littérature mais, lorsque j'ai compris qu'il me faudrait affronter quotidiennement des élèves, j'ai préféré bifurquer pour entrer dans la police. Je suis plus à l'aise avec les malfrats.

– Bon, en tout cas, vous me faites un reçu et un procès-verbal. Je repars pas sans la paperasse en règle.

– Bien entendu, madame. C'est tout naturel. Puis-je vous proposer un café, en attendant que je remplisse les documents ? Et vous, mademoiselle ? Une tisane ? J'ai de l'excellente verveine bio dans mon bureau.

–Vous n'auriez pas plutôt une bonne binouze ? a rigolé Clochette.

Ensuite, on a papoté tous les trois. C'était très cool. Clochette a demandé comment ça allait se passer, pour l'argent, et le policier a répondu que, si quelqu'un se présentait pour

réclamer la somme exacte, on procéderait à un certain nombre de vérifications et on lui remettrait les fonds s'il était en mesure de prouver qu'il en était bien propriétaire.

– Mais je vous avoue que je n'y crois guère. Il est probable que ces billets sont d'origine douteuse. Quelque trafic illicite.

Il s'est tu, longtemps, a regardé Clochette dans les yeux et j'ai espéré très fort qu'il nous chuchote :

– Écoutez, on va dire que je ne vous ai jamais vues, reprenez cet argent et filez.

Moi, si ce livre n'était pas la stricte vérité, si c'était une fiction, c'est ce que je ferais. Dans la scène suivante, Clochette et moi, on sortirait du commissariat en riant comme des folles. Clochette dirait : « Quand je pense que j'ai failli être assez stupide pour laisser filer ce cadeau du Ciel. » Là, je rougirais légèrement dans le noir, et je répondrais, d'une adorable petite voix : « Clochette, il faut que je t'avoue quelque chose. »

Mais le joli policier n'a rien chuchoté. Il a fini de remplir les papiers, en a remis un double à Clochette puis lui a tendu un petit carton.

– Ma carte, il a précisé. Au cas où vous souhaiteriez m'appeler pour… eh bien, pour savoir où en est l'affaire.

Et là, il a rougi. Enfin, je pense. De toute façon, c'est moi l'autrice, donc je décide. Il a rougi.

Clochette a souri. Sa dent en or a jeté un éclat blafard. Nous l'avons salué et nous sommes sorties.

– Bon, a dit Clochette, merci, Majesté, j'ai passé un excellent moment grâce à toi. Il est trop chou, cet homme.

J'ai essayé de paraître contente, moi aussi, mais j'avais le cœur trop lourd.

J'avais échoué. Il me faudrait une bonne grosse hyperbole pour dire à quel point cet échec était énorme, mais je n'en ai même pas trouvé.

Nous nous sommes séparées à la fontaine au lion et je suis rentrée.

– C'est toi ? a demandé papa depuis son bureau.

14

La catastrophe

La catastrophe a eu lieu le lendemain.

Très bonne phrase, ça. Même moi, ça me donne envie de lire la suite.

Enfin, quand je dis la catastrophe, peut-être qu'il y en avait déjà eu une avant. Peut-être que le million, c'était la première catastrophe. Mais pas la dernière, oh non !

Toute la journée, Théo m'a tourné autour, délaissant Roxane. Au début, bien sûr, je m'en suis réjouie, mais, au fond, je me sentais triste. Je n'avais commencé à l'intéresser qu'à partir du moment où j'avais arboré Popeye.

Alors j'ai boudé, Roxane a boudé, la maîtresse nous surveillait du coin de l'œil en souriant, avec cet air d'adulte qui croit connaître parfaitement ce qui se passe dans le cœur de ses élèves sous prétexte qu'elle est déjà passée par là, et que c'est mignon. Non, ce n'était pas mignon. C'était lamentable.

Théo a essayé de me soutirer des renseignements. Il avait réfléchi, à mon sujet, il trouvait ça louche. Il connaissait mes parents. Il ne pouvait pas imaginer qu'ils m'aient autorisée à me payer un téléphone, à mon âge. Quelque chose clochait. À un moment, j'ai presque eu peur qu'il devine la vérité, qu'il pose des questions à mon père, ou pire, à ma mère.

Ma crainte s'est confirmée quand, le soir, il a tenu à me raccompagner chez moi.

C'était sûr : Théo menait l'enquête. Et que Roxane soit outrée de nous voir partir tous les deux ne me consolait pas. Une fois de plus, j'avais agi étourdiment. J'en voulais presque à Cha de ne pas m'avoir détournée de mes projets concernant Clochette et Théo. Deux fiascos. Et qui risquaient, qui sait, de tourner encore plus mal ! Je n'avais pas osé lui avouer ce qui s'était passé la veille, malgré les nombreux messages interrogatifs qu'elle m'avait envoyés. Je n'avais pas répondu, espérant qu'elle croirait que je ne savais pas bien me servir de mon portable, ce qui était une vérité vraisemblable.

Théo, donc, marchait à côté de moi en parlant, pendant que je réfléchissais. Je n'aurais pas dû réfléchir. Parce que mes réflexions m'ont amenée à l'idée qu'il fallait gagner du temps, ne pas rentrer tout de suite. Je voulais inventer un prétexte pour dissuader Théo de venir à la maison. Mais mes idées fuyaient. J'avais le cerveau troué.

Et c'est peut-être pour ça que nous nous sommes retrouvés devant le bureau de tabac.

Patrick prenait le frais sur le seuil de la boutique.

– Salut, les enfants ! il a dit, avec une petite révérence qui a fait sautiller sa queue-de-cheval.

Et il m'a lancé un gros clin d'œil, très visible.

Il paraissait très heureux de me voir. Moi, j'ai compris aussitôt que j'avais commis une erreur en passant par là.

– Bonjour, monsieur, j'ai répondu, polie et gênée.

– « Monsieur » ! Tu es bien cérémonieuse ! Appelle-moi Patrick, ma poulette, comme d'habitude !

Deuxième erreur, j'ai voulu tirer Théo par la manche, pour lui faire comprendre discrètement que nous devions nous éloigner. Mais Théo n'avait pas envie de m'obéir. Il avait vu le clin d'œil de Patrick, il avait perçu ma gêne et son instinct lui a soufflé qu'il pourrait bien obtenir quelques informations intéressantes en creusant un peu. Il s'est immobilisé, comme un âne buté. Oui, c'est une métaphore un peu usée, mais elle lui allait bien.

– Eh, il a dit, tu vas abîmer mon sweat, arrête de tirer dessus !

Je l'ai lâché et j'ai rougi. Il n'y avait rien d'autre à faire.

– Ne t'inquiète pas, a commenté Patrick, Jeanne n'aura pas de problème pour t'en offrir un autre…

Nouveau clin d'œil. Mon rougissement s'est intensifié. Je devais ressembler à une fraise qui mûrit en accéléré, dans une pub. Théo a froncé les sourcils, puis un sourire s'est lentement dessiné sur son visage. J'étais furieuse.

– Ah bon ? a demandé Théo. Je ne savais pas que Jeanne était riche.

– Hé, hé ! a répondu Patrick avec un air qui se voulait énigmatique.

– Bon, j'ai dit. On va y aller. Bonne journée mons… Patrick !

Théo ne bougeait toujours pas. Il examinait les affiches publicitaires pour la Grande Loterie, représentant la dame de la télé, souriante, une boule dans chaque main. J'avais l'impression d'entendre son esprit travailler. C'est très rare, avec Théo.

– Tout s'explique, il a murmuré. Le téléphone. Tu as joué à la loterie pour te payer un téléphone. Et tu ne l'as pas dit à tes parents, c'est ça ?

J'ai secoué la tête.

– N'importe quoi ! Je suis mineure. J'ai pas le droit de jouer. Allez, viens !

Mais Théo ne voulait pas renoncer si vite. Il a regardé Patrick dans les yeux, avec une petite mimique de complicité masculine.

– Allez quoi, m'sieur ! Dites-moi !

Moi, j'ai lancé à Patrick un regard de fureur féminine aussi menaçant que possible.

– Non, non, il a dit. J'ai promis de ne rien révéler.

Théo a opté pour une tête de chaton.

– Jeanne, je suis ton plus vieil ami. On se connaît depuis la maternité. Tu crois que je ne sais pas garder un secret ?

– Je ne crois pas. J'en suis sûre.

– Moi, a ajouté Patrick, j'ai bien du mérite de le garder, ce secret. Parce que si les gens savaient, ça me ferait une sacrée pub. Ton papa est journaliste, c'est bien ça ?

Non, non, non, non ! Ce que j'avais pris pour des maladresses de la part du buraliste était parfaitement volontaire ! Il avait juré à Cha qu'il ne dirait rien, bien sûr, mais, depuis, il devait avoir des regrets. Parce que, s'il avait affiché sur sa vitrine qu'un client avait gagné un million d'euros dans cette boutique, il tri-

plerait probablement sa clientèle. Les gens sont comme ça. Il avait raison.

– Patrick…, j'ai supplié.

– Ne t'inquiète pas, il a répondu, hypocrite, j'ai promis à ta sœur de ne rien dire.

Théo s'est frappé le front :

– Ta sœur ! D'accord ! J'ai compris. Tu as demandé à ta sœur de jouer à la loterie pour toi. Et elle a gagné de quoi t'acheter le téléphone !

J'ai réfléchi très vite. Cette version de l'histoire était convenable, au fond. Bien sûr, elle était humiliante pour moi, à cause de l'importance qu'elle donnait à Popeye, et peut-être à Roxane. Mais, au moins, ce demi-mensonge protégerait peut-être le secret de Cha.

– Voilà, j'ai dit. C'est ça. Tu es content ?

Et je l'ai de nouveau tiré par la manche pour qu'on s'en aille.

J'ai eu tort. Parce que cette manche a réveillé les soupçons de Théo.

– Une minute, il a dit. Pourquoi le monsieur

a dit que tu pourrais facilement me payer un sweat. Tu as gagné beaucoup, c'est ça ? Bien plus que le prix du portable ?

J'ai transpiré.

– Un petit peu plus, disons.

À ce moment, les choses *auraient pu* s'arranger. Théo semblait presque satisfait. Il ne me restait plus qu'à inventer une somme imaginaire et à la lui communiquer. Ça nous aurait fait une anecdote. Peut-être même qu'il m'aurait admirée pour cette petite richesse qui me mettait à égalité avec Roxane. Mais Patrick a encore tout gâché. Il s'est mis à rire en se tapant sur les cuisses.

– « Un petit peu plus », il a répété en imitant ma voix. « Un petit peu plus », c'est la meilleure !

Un cauchemar.

Théo m'a fixée.

– Tu as gagné *beaucoup* plus ?

Ni une ni deux, je me suis éloignée à pas immenses, furieuse, sans m'occuper de Patrick qui rigolait toujours en agitant sa queue-de-cheval. Théo m'a rattrapée.

– Vas-y, quoi ! Explique !

Sans répondre, j'ai continué à marcher. Je pesais le pour, le contre et le complètement contre. À la base, je ne devais *rien* dire. Rien. Mais, dans ce cas, il continuerait à me harceler jusqu'à ce que je craque. Ou pire, il s'imaginerait n'importe quoi et ferait courir des rumeurs sur mon compte. Mieux valait le mettre dans le secret, tant pis. C'était mon ami. Je n'avais plus le choix, il fallait que je lui fasse confiance.

On était arrivés au banc de la fontaine au lion. Je l'ai invité à s'asseoir à côté de moi, j'ai pris une grande inspiration et je lui ai tout raconté. Tout. Le million, Cha, les dons anonymes.

À mesure que je parlais, sa bouche s'ouvrait. À la fin, il semblait prêt à engloutir un Big Mac XXL.

– Tu es riche, il a conclu.

Bon. Il n'avait rien compris.

– Non, Théo, je ne suis pas riche. Ma sœur l'est. Ou plutôt…

– Oui, oui, elle va tout donner aux pauvres.

J'ai mesuré que, pour Théo, c'était à peu près aussi intelligent que de plonger dans un bassin bourré de requins. Ce n'était pas qu'il ne comprenait rien. C'est qu'il ne *pouvait pas* comprendre.

–Voilà, j'ai dit. Tu me promets que tu ne diras rien ? À personne ? Surtout pas à Roxane ?

– Oui, oui. Bien sûr. Arrête, avec Roxane.

– C'est *moi* qui dois arrêter avec Roxane ?

Il a soupiré, pensif. Puis il s'est levé.

– Bon, je vais rentrer. Il est tard.

Je l'ai regardé s'éloigner. Je me suis demandé s'il fallait prévenir Cha. Non. Ça l'inquiéterait pour rien. Ou pire, pour quelque chose. J'étais furieuse contre Patrick. Tout ça pour espérer se faire un peu de pub ! J'aurais bien voulu suggérer à maman de ne plus jamais remettre les pieds chez lui mais c'était impossible sans tout lui dévoiler.

Et Théo ? Qu'est-ce qu'il allait faire, maintenant ? Il avait vraiment un drôle d'air, en partant, mais ça, c'était compréhensible. Un million, quand même, il y a de quoi vous tournebouler.

Allez, je me suis dit, arrête de te faire du souci. La vie est belle et le sera de plus en plus grâce à Cha, grâce à nous.

En rentrant à la maison, j'étais presque rassurée.

J'avais tort.

15
Trahison

Le lendemain matin, quand je suis descendue pour le petit-déjeuner, mes parents, assis à la table de la cuisine, ne m'ont pas dit bonjour.

Ils étaient penchés sur le journal qu'ils lisaient en même temps. Leurs têtes se touchaient presque.

J'ai d'abord cru qu'il était arrivé quelque chose de terrible, genre la guerre, ou une nouvelle pandémie, des attentats, une défaite de l'Équipe de France, quelque chose qui explique qu'ils en oublient de dire bonjour à leur propre fille.

Et puis un pressentiment m'a envahie. J'ai demandé, d'une voix minuscule :

– Qu'est-ce qui se passe ?

Ils ont sursauté, se sont redressés, leurs têtes se sont écartées et j'ai pu voir la page du journal étalé sur la table.

S'y affichait une gigantesque photo de ma sœur, surmontée d'un titre énorme : LA MILLIONNAIRE ANONYME.

Mes jambes sont devenues molles. J'ai attrapé une chaise sur laquelle je me suis confortablement écroulée.

– C'est Charlotte, a dit papa.

Je ne pouvais pas le croire. Théo m'avait trahie. Je n'avais pas beaucoup d'illusions sur lui. Je le savais superficiel, faible, amateur de ragots, bref, humain, mais de là à penser qu'il irait tout déballer à son père !

Avant qu'ils ne me posent des questions, j'ai bredouillé que j'étais en retard, et j'ai filé à l'école.

Théo trônait dans la cour, au milieu d'un

cercle de fans, dont Roxane. Il pérorait en agitant les bras. Quand il m'a vue, il s'est tu et a regardé autour de lui comme pour chercher un moyen de fuir. Je ne lui en ai pas laissé l'occasion.

– Eh ! a couiné Roxane quand je l'ai bousculée.

Crac, a fait la manche de Théo quand je l'ai tirée pour entraîner mon ami vers le fond de la cour.

– T'inquiète, j'ai dit, je t'en offrirai un beaucoup mieux.

– Écoute, Jeanne, a gémi Théo.

Nous sommes arrivés au muret, je me suis assise dessus et j'ai croisé les bras.

– C'est ce que je compte faire, j'ai dit.

– Quoi ?

– T'écouter.

Pas le choix, il a fallu qu'il parle. Ses explications ont été pour le moins confuses. Il a prétendu que ce n'était pas sa faute, que, quand il était rentré chez lui la veille, il était tellement bouleversé que son père s'est douté de quelque chose et lui a tiré les vers du nez. Normal, c'est son métier. Théo, petit à petit, a fini par lâcher une info, puis une autre. Jérôme a fait lui-même le lien avec les dons anonymes aux associations, Théo n'a pu que lui confirmer qu'il ne se trompait pas, Jérôme, surexcité, a appelé la rédaction du journal pour leur transmettre le scoop, ils ont décidé de publier aussitôt, quitte à travailler toute la nuit, et voilà.

– Je suis tellement désolé, Jeanne…

– C'est pas l'impression que tu donnais, dans la cour.

Il a baissé le nez, piteux. Les choses s'étaient peut-être déroulées comme il l'avait dit. Ou alors, il était rentré chez lui, surexcité, et avait aussitôt tout raconté à Jérôme.

C'est le problème, quand on raconte une histoire vraie. On ne peut pas savoir ce qui s'est passé puisqu'on n'était pas là pour voir. C'est plus facile, m'avait expliqué la maîtresse, quand on invente tout de A à Z. L'imagination vous donne des pouvoirs. On peut être partout à la fois, dans la tête de tous les personnages, dissimuler des infos pour surprendre le lecteur. Je m'imaginais que mon père avait un métier compliqué, mais en fait non, c'est juste un super-héros en pyjama dans son fauteuil. Plus tard, c'est décidé, je serai romancière.

En attendant, je devais faire avec la réalité, c'est-à-dire la trahison de mon meilleur ami, et je ne pouvais même pas savoir jusqu'à quel point il m'avait trahie. Quand j'écrirai des livres, je transformerai Théo en personnage, et il prendra la mesure de ma colère.

– C'est lamentable, j'ai dit. Ton père n'a même pas vérifié les informations. Il n'a pas fait d'enquête. Il a écrit son article comme ça, sur la seule foi de ton témoignage.

– Il a appelé Patrick qui a confirmé, m'a avoué Théo. Après, il a eu peur que ça n'arrive aux oreilles d'un autre journaliste et de se faire doubler sur ce coup-là. Un scoop pareil, tu comprends, ça ne se produit qu'une fois dans une carrière. Ça vaut de l'or.

Je comprenais très bien, oui. Je commençais tout juste à envisager les conséquences désastreuses de cette histoire, quand une mélodie guillerette a retenti. Un instant, j'ai pensé que c'était la sonnerie, puis j'ai compris que Popeye sonnait au fond de mon sac. J'avais dû oublier de l'éteindre.

J'ai décroché, et la voix de Cha m'a transpercée.

– Jeanne ! Qu'est-ce qui s'est passé ?

J'aurais peut-être pu résister à sa colère, mais ce que j'entendais, fidèlement transmis par les composants luxueux de Popeye, c'était de la tristesse.

J'avais déçu ma grande sœur. J'ai explosé en sanglots.

– Cha... Je vais t'expliquer...

– J'ai bien peur que ça n'ait plus beaucoup d'importance. On a été réveillés par un troupeau de journalistes, ce matin. Il y avait même la télé. Devant le mobile home, tu imagines ? On s'est réfugiés dans un hôtel. Le père de ton ami avait vraiment besoin de révéler mon identité ?

Le père de ton ami… La formule résumait tout. Elle s'imaginait que j'avais tout raconté à Théo pour l'impressionner ou, pire, pour le séduire ! Elle pensait que j'étais une pauvre gamine indigne de sa confiance.

– Charlotte, écoute-moi !

– Je dois raccrocher, Jeanne. On a des problèmes à régler.

Le silence l'a engloutie. Théo n'osait plus bouger. Moi non plus.

Au bout d'un moment, la maîtresse a traversé la cour pour venir nous chercher.

– Ça va, Jeanne ?

Elle regardait Popeye.

– Oh, pardon, madame. Je sais que c'est interdit, mais…

Elle a hoché doucement la tête, a entouré

mes épaules de son bras et a demandé à Théo d'aller s'installer en classe avec les autres.

– Cet article, j'imagine que ta famille et toi n'y étiez pas favorables ? Je me trompe ?

J'ai fait signe que non, en ravalant un sanglot.

– Si tu veux rentrer chez toi, a poursuivi la maîtresse, je peux demander à ton papa qu'il vienne te chercher.

La seule idée de me retrouver à la maison en tête à tête avec mon père m'a fait grimacer d'horreur. La maîtresse a souri.

– Ne t'inquiète pas, elle a dit. Ce que fait ta sœur est merveilleux. Admirable. Tu as de quoi être fière. Son identité a été révélée au public, elle ne le voulait pas, et c'est vraiment dommage. Mais ça ne va pas l'empêcher de continuer, j'en suis sûre. Et puis, maintenant qu'elle ne peut plus se cacher, peut-être qu'elle va prendre la parole pour interpeller ceux qui ont de l'argent, et leur demander de faire comme elle.

Encore cette idée. Une course aux dons. Je n'étais pas certaine que ça me plaise.

Mais ses paroles coulaient comme du chocolat fondu sur une boule de glace vanille. Grâce à elle, j'avais un peu moins envie que la terre s'ouvre pour m'engloutir. Je me suis promis que, si je racontais un jour cette histoire, la maîtresse y jouerait un très beau rôle. Elle m'a regardée dans les yeux et m'a demandé :

– Tu veux bien qu'on parle de tout ça avec les autres ?

Les autres ? Quels autres ? Les élèves de ma classe ? Roxane ? Ah, non, alors ! Hors de question ! Aucune chance ! À partir de maintenant, j'avais la ferme intention de ne plus adresser la parole à quiconque.

Mais la maîtresse m'offrait son sourire adorable.

– Avec plaisir, j'ai dit.

Je m'attendais à subir un supplice et c'est le contraire qui s'est produit. Tous les copains ont été très gentils. Tous, oui. Et toutes. Je veux dire que même Roxane a délaissé, un moment, sa moue de bouledogue pour prendre, de temps en temps, des mimiques de cocker.

La maîtresse a exposé l'affaire en passant discrètement sous silence le crime de Théo. Elle a plutôt insisté sur la générosité de Cha et a demandé aux élèves comment ils utiliseraient une somme pareille pour améliorer le monde. Ils ont eu plein d'idées, qu'elle a notées au tableau. Certains ont suggéré d'aider la science à trouver des vaccins contre les maladies graves, d'autres ont insisté sur l'assistance aux victimes de la guerre. « En même temps, a rappelé ma copine Lilou, un million c'est pas beaucoup, à l'échelle des besoins humains. »

Théo, qui connaît le prix de tout, je vous le rappelle, a tenu à apporter une précision importante :

– Creuser un puits pour obtenir de l'eau potable, en Afrique, c'est à peu près 1 500 euros. Un avion de chasse pas trop cher, ça vaut plus de 100 millions.

La maîtresse a noté ces chiffres au tableau. On a fait des recherches, tous ensemble, sur le coût des choses. Et on n'a pas vu le temps passer. À la fin, j'étais presque consolée.

Bien sûr, j'ai continué de faire la tête à Théo tout le reste de la journée. Il me lançait de temps à autre des regards suppliants mais pas question de céder. Il fallait qu'il paye pour ce qu'il avait fait.

Qu'il paye.

Ha, ha, ha.

Dans une semaine ou deux, on verrait. Mais, pour l'instant, ce n'était plus mon ami.

Le cafard et l'inquiétude m'ont reprise quand j'ai quitté l'école. Exceptionnellement, j'avais demandé à la maîtresse si je pouvais rester faire mes devoirs à l'étude et elle a dit oui. Je n'avais pas envie de rentrer chez moi, d'affronter les questions de mes parents, leur avis sur ma sœur. J'en étais épuisée d'avance.

Une fois seule sur le trottoir, je me suis dit que, le mieux, ce serait de recueillir l'opinion de Clochette. Excellente idée. Elle comprendrait, elle. Je pourrais peut-être même la convaincre d'accepter la somme qu'elle avait déposée au commissariat. Qu'est-ce que c'était, franchement, que ces quelques billets par rapport à un million ? Par rapport à un avion de guerre ? Si nécessaire, je la supplierais. J'étais prête à tout.

Réconfortée par mon idée, je me suis dirigée vers la fontaine au lion. Il faisait déjà nuit.

À mesure que je marchais, des idées nouvelles se formaient dans ma tête. Comme malgré moi. C'était peut-être à cause de l'obscurité, qui rendait les rues sinistres, ou du fait qu'il n'y avait presque personne dehors à cette heure, ou de la petite pluie fine et glacée qui avait commencé à me transpercer, en tout cas ces idées nouvelles n'étaient pas vraiment rassurantes.

C'est difficile, quand on raconte une histoire, de décrire des idées.

En fait, il ne s'agissait pas vraiment d'idées. Plutôt des images. Ou des bouts de phrases. Ou des mots qui passaient en bourdonnant, comme les mouches invisibles de Clochette. Finalement, je ne suis pas sûre de devenir romancière, plus tard. C'est plus compliqué que je ne le pensais.

Mais maintenant que j'ai commencé cette histoire, il faut que je la termine. Surtout qu'on arrive à un moment terrible. Quand j'y repense, j'ai les mollets qui flageolent.

Allez, Jeanne. Courage.

Commençons, donc, par essayer de résumer les pensées qui me voletaient dans la tête.

Je me suis dit que, si tout le monde connaissait – Merci Théo ! – le nom de ma sœur, il n'était pas difficile de remonter jusqu'à moi, qui portais le même. Et que ce n'était pas très intelligent de se promener toute seule dans un quartier désert, à la nuit tombée, quand on valait potentiellement autant d'argent et qu'on était une fille de dix ans, courageuse mais peu musclée.

Les paroles de Cha, que j'avais ensevelies sous des monceaux de soucis, me sont revenues aux oreilles. Ce qu'elle avait dit au sujet des ennuis qu'attirait l'argent. Des criminels.

Ce n'est qu'à cet instant précis, dans cette ruelle sombre, que j'ai pris conscience de ma vulnérabilité.

Et pile au même instant précis, j'ai remarqué quelque chose de louche.

On n'y voyait pas grand-chose mais il m'a semblé distinguer une silhouette au volant d'une voiture garée, quelques mètres plus loin, face à moi. Une silhouette immobile.

J'allais me dire que j'avais des visions, quand les phares de l'automobile se sont allumés. J'ai fermé les yeux, éblouie, et j'ai entendu le moteur gronder. Le conducteur quittait son stationnement.

Je me suis plaquée contre la façade de la maison que je longeais, car le trottoir était très étroit. (Je l'ai déjà dit, je crois, et j'ai bien fait. Il faut préparer les rebondissements longtemps à l'avance.)

J'ai eu le temps de me dire que c'était

bizarre, parce que dans ce quartier, généralement, les gens se déplacent à vélo ou à pied. C'est un entrelacs de venelles anciennes, pavées, les voitures s'y aventurent rarement.

« Cours ! m'a hurlé ma voix intérieure. Fais demi-tour et cours ! »

Trop tard.

J'ai entrouvert les yeux. Dans l'éclat des phares, j'ai vaguement discerné une haute silhouette. Un homme. Un homme masqué ! Il venait d'ouvrir la portière, côté conducteur.

La terreur m'a immobilisée. C'était comme si je devenais spectatrice d'une scène d'horreur, à la télé.

Il m'a attrapé le bras. Une poigne de fer.

Non, là, il faut trouver une meilleure métaphore. Celle-là, je l'ai piquée à papa, à la page vingt-cinq de son livre *L'assassin de ces dames.* Trop facile.

Une poigne… Une poigne…

Poigne, pour ceux qui ne connaissent pas, c'est un vieux mot, assez marrant, je trouve, que

plus personne n'utilise. Il signifie : « force de la main, du poignet, pour tenir, attraper, saisir… »

Moi, par exemple, je n'ai aucune poigne. Quand je me suspends au trapèze, en sport, je me laisse tomber. Je suis trop lourde pour moi.

Mais pas pour mon agresseur, apparemment. Je ne sais toujours pas de quoi était sa poigne mais il m'a soulevée de terre et jetée dans l'habitacle. J'ai atterri à l'avant, sur le siège passager. L'homme s'est installé au volant et a redémarré.

Je sais que j'aurais dû me jeter sur lui, le rouer de coups, lui arracher son masque (ce n'était pas un masque, c'était une cagoule de braqueur), hurler, tenter d'ouvrir la portière. Mais j'étais totalement tétanisée.

D'une drôle de voix nasillarde et aiguë, il m'a ordonné :

– Tu la boucles !

Je ne savais pas s'il voulait que je me taise ou que j'attache ma ceinture.

Dans le doute, j'ai fait les deux.

16

La maison de l'horreur

Nos pensées sont bizarres et indescriptibles, je l'ai dit tout à l'heure, et je le répète. Pourtant, celle qui m'a traversé la tête, tandis que nous roulions, mon ravisseur et moi, dans la nuit maintenant tombée, m'a presque fait sourire tant elle était incongrue.

Au lieu de me dire que j'allais peut-être mourir, que mes parents seraient fous d'inquiétude, que je ne reverrais jamais Clochette, j'ai songé que, pour une fois, il m'arrivait *vraiment* quelque chose. Quelque chose d'indiscutable. Si je m'en sortais, Théo serait impressionné. Et Roxane battue à plate couture. Déjà, avec le million, j'avais sans doute marqué des points. Mais là, un rapt !

Finalement, je n'ai pas souri du tout. Même, j'ai commencé à pleurer sans bruit. C'était d'avoir pensé à Théo qui me rendait triste. Ce bon vieux Théo, si insupportable. Il allait me manquer quand je ne serais plus de ce monde.

Pour ne surtout pas montrer que je pleurais, j'ai serré mon sac de toutes mes forces. Je le tenais sur mes genoux. Impossible de me rappeler quand et comment il était arrivé là. J'ai aussi essayé de me concentrer sur la route que nous empruntions mais les larmes me brouillaient la vue. Pourquoi mon ravisseur ne m'avait-il pas attaché un foulard sur les yeux ? Normalement, c'est ce qu'on fait, je crois, lors d'un enlèvement. C'était sûrement inquiétant. Le signe qu'il n'avait pas l'intention de me rendre à ma famille. Mais, dans ce cas, pourquoi dissimulait-il son visage ? En fait, j'avais le sentiment que son opération n'était pas très bien préparée. Un peu brouillonne. Il y avait d'autres détails qui me paraissaient étranges, mais je n'arrivais pas à réfléchir assez pour trouver lesquels.

À force d'agripper mon sac de classe, j'ai tout à coup senti quelque chose à travers la toile.

Quelque chose de dur, de rectangulaire, de rassurant.

Popeye !

Popeye était là, avec moi ! Fidèle petit Popeye !

Une onde de soulagement m'a traversée. Je ne savais pas encore de quelle façon, mais j'avais tout à coup la certitude que Popeye allait me sauver la vie. Ces appareils sont connectés au monde, aux satellites, ils sont équipés d'un GPS. En ce moment même, la police suivait mon parcours sur des écrans géants, c'était sûr ! Des fourgonnettes allaient bientôt nous barrer la route, il y aurait des hélicoptères, des coups de feu.

Après, je me suis souvenue que la seule personne susceptible de s'inquiéter pour le moment était mon père. Qu'il n'était pas encore assez tard pour ça. Qu'il devait être plutôt content d'avoir la paix pour finir son chapitre, et qu'il ne risquait pas de suivre mon parcours sur un écran géant.

Bon...

Mais je pouvais, par exemple, prétexter que j'avais besoin d'un mouchoir, fouiller dans mon sac, et envoyer discrètement un SMS à ma sœur ou à tous mes contacts (quatre personnes, oui, je sais) pour appeler au secours. Un texto de détresse. Parfait. Excellente idée.

J'ai ouvert la bouche pour essayer de parler, malgré la boule grosse comme une planète qui m'obstruait la gorge.

– J'ai besoin d'un bouchoir, j'ai dit.

C'était crédible, vu la quantité de choses visqueuses qui me sortaient des yeux et des narines. Il a hoché la tête. J'ai plongé la mienne dans mon sac. Vite. En tremblant, j'ai attrapé

Popeye. J'ai pensé que j'aurais dû m'entraîner un peu, pour les SMS. Même dans des conditions normales, c'est-à-dire sans psychopathe pour me menacer, j'avais du mal à envoyer des messages cohérents. En plus, mes mains tremblaient. Il y avait des trucs à faire, avant d'accéder à la messagerie. Déverrouiller, entrer des codes.

J'ai pressé des touches, un peu au hasard. L'écran s'est illuminé.

Vite, trouver l'icône qui…

Une sonnerie tonitruante a retenti.

Sur l'écran est apparue la photo de Cha. C'était elle. Elle m'appelait.

J'ai ressorti la tête du sac. Avec un calme étonnant, le criminel a tendu la main.

– Donne-moi ce téléphone.

Comme j'ai hésité, une demi-seconde, troublée par la drôle de voix aiguë qu'il utilisait pour maquiller sa vraie voix, il a répété son ordre en hurlant. Je lui ai tendu Popeye qui sonnait toujours.

Je pensais qu'il allait le jeter par la fenêtre, mais, à ma grande surprise, il a décroché, sans cesser de conduire.

– Non, il a dit. Ce n'est pas Jeanne. Écoutez-moi bien sans m'interrompre. J'ai enlevé votre sœur. Je ne lui veux pas de mal. Je la rendrai dès que vous aurez versé la somme d'un demi-million sur le compte dont je vais vous donner le numéro. Prenez de quoi écrire.

Il a dicté une série de chiffres, l'a répétée plusieurs fois, a raccroché.

Et là, oui, il a jeté Popeye par la fenêtre.

– Un demi-million, il a ajouté, c'est correct. Il en reste pour les pauvres.

J'ai préféré ne pas répondre. Son hurlement de tout à l'heure m'avait fait prendre conscience qu'il était vraiment dangereux. Mais, curieusement, ma peur avait reflué. J'avais presque réussi à l'enfermer dans le grenier de mon cerveau. Il fallait que je réfléchisse. Pourquoi est-ce que j'avais l'impression de connaître ce type ? Que lui me connaissait ? Il avait dit « votre sœur », mais ça ne prouvait rien. Depuis que l'histoire de Cha était dans le journal, n'importe qui avait pu mener sa petite enquête.

Et pourtant... Cet enlèvement avait eu lieu si vite après la parution de l'article. Étrange.

Il y avait un détail. Un autre détail qui m'échappait toujours. Je l'avais sous les yeux mais je ne le voyais pas clairement.

Nous roulions maintenant sur une route de campagne. Je n'avais pas vu par quelles rues il avait quitté la ville, je ne savais pas où nous étions. J'avais été trop négligente. Il faisait noir. Des gouttes de pluie commençaient à s'écraser sur le pare-brise. J'aime bien ça, d'habitude, quand maman conduit, que papa dort sur le siège passager et qu'on part en vacances. Cette pensée m'a fait du mal.

Elle a été aussitôt remplacée par d'autres pensées qui s'échappaient tout à coup de mon grenier mental, de mes malles poussiéreuses, sans me demander mon avis, toutes les horreurs que racontait maman, toutes les affaires qu'elle avait jugées, tous les criminels monstrueux qui enlevaient des petites filles pour les couper en morceaux. Et papa qui en remettait une couche dans ses livres. Voilà ce qui arrivait, quand on défiait le diable. Il finissait par vous punir !

Bon, je ne sais pas ce que le diable a à voir là-dedans, mais mon père, dans ses romans, glisse souvent une allusion à l'enfer, aux moments cruciaux. Un peu trop souvent, même. On finit par se lasser des démons.

En écrivant, je réfléchis à un truc : le lecteur sait forcément que je m'en suis sortie, puisque, justement, j'écris.

Ça, c'est à cause du fait que j'utilise la première personne. La maîtresse nous a mis en garde : avant de nous lancer dans l'écriture, nous devons nous demander qui raconte. L'héroïne elle-même ? Sa meilleure copine ? Un escargot ? Tout est possible, mais il faut décider.

C'est idiot, j'aurais dû parler de moi en disant « elle ». Ou faire comme si c'était Théo l'auteur. Ça, c'est une idée. Comment s'y serait-il pris ? Il faudrait que je lui demande de tout reprendre à zéro et de narrer les événements comme il les a vécus, lui. Ce serait intéressant. Il y aurait le moment où il avouerait m'avoir toujours aimée en secret, et souffrir de mon indifférence.

Oui, mais il parlerait tout le temps de Roxane, ce serait agaçant pour les lecteurs. Pour les lectrices, surtout. Et puis, il ne saurait pas ce qui se passait dans ma tête, au moment où je traversais la nuit à tombeau ouvert.

Non, il vaut mieux que je m'en occupe

moi-même. Et puis, malgré tout, un certain suspense subsiste. Je m'en suis sortie vivante, admettons. Mais dans quel état ? Peut-être que le criminel m'a coupé les bras et les jambes, les a envoyés à mes parents pour prouver qu'il me détenait ? Doigt par doigt ? Peut-être que j'écris péniblement, avec la bouche, en mordant mon stylo ? Peut-être que je dicte mon récit à mon père qui le note sans parvenir à retenir ses larmes ?

Un seul moyen de le savoir : continuer la lecture.

La voiture s'est engagée dans un tout petit chemin qui s'enfonçait dans la forêt. On a été beaucoup secoués, pendant de longues minutes. Les phares ont éclairé une bâtisse sinistre, un genre de ferme abandonnée, de celles qu'on voit en photo dans les journaux, sous le titre : « La maison de l'horreur. »

Mon ravisseur s'est garé devant, a mis le frein à main et éteint le moteur.

– Voilà, il a dit. On est arrivés. Descends.

Il m'a semblé apercevoir des cisailles appuyées le long du mur lépreux de la bâtisse.

Des cisailles puissantes, capables de trancher les membres d'une fille de mon âge.

– Descends, je te dis ! s'est agacé le monstre.

17

Sous la cagoule

Normalement, je l'ai dit, j'aime bien les histoires policières. Et tout particulièrement les récits d'enlèvement. La plupart du temps, il y est question de caves humides avec, au choix, des araignées, des rats, des chaînes, ou les trois à la fois. Quand nous sommes entrés dans la sinistre demeure, je devinais donc à peu près la suite du programme.

Mais ça ne m'a pas fait le même effet que dans les bouquins. Déjà, la sinistre demeure, à part qu'elle était sinistre, avait un air très *normal*. On s'est retrouvés dans une vieille salle à manger lugubre, avec un canapé moche, une télé d'autrefois, un buffet gluant de graisse et un tapis usé. C'était laid, mais d'une laideur ordinaire, comme chez beaucoup de gens. Je veux dire, rien ne laissait deviner qu'on se trouvait chez un démon de l'enfer.

J'ai quand même observé les détails, au cas où ils me seraient utiles pour m'évader. Souvent, les héroïnes agissent ainsi, dans les livres. Elles observent. Puis elles s'évadent grâce à leurs observations. Elles remarquent, par exemple, qu'une porte semble mal fermée, ou qu'un trousseau de clés providentiel dépasse d'un tiroir.

Là, a priori, rien de très providentiel. Juste des vieux magazines, un cendrier, d'horribles assiettes suspendues aux murs – pour décorer, je suppose. Elles semblaient lourdes mais pas assez pour assommer le démon, au besoin.

J'allais me décourager et abandonner mon examen des détails quand mes yeux se sont posés sur mon ravisseur. Mon instinct m'a suggéré qu'il fallait que je le scrute, *lui*, et de près. Parce que quelque chose, en lui, depuis le début, avait retenu mon attention.

Il était grand, plutôt mince, vêtu de noir, ganté et cagoulé. Tout ça, je l'avais déjà noté. Il paraissait un peu embêté d'être là, avec moi, dans cette sinistre demeure mal décorée. J'ai pensé à nouveau qu'il avait mal élaboré son plan. Peut-être que la maison n'était pas équipée d'une cave correcte où séquestrer des victimes ?

Et c'est en m'attardant minutieusement sur les particularités de sa silhouette que j'ai compris ce qui m'avait troublée.

Sa cagoule.

Elle présentait une bosse à l'arrière du crâne, comme si celui-ci était déformé. Mais il y avait une explication beaucoup plus simple.

Ce type avait une queue-de-cheval.

– Qu'est-ce que tu as à me regarder ? il a lâché, nerveux, de sa voix aigrelette.

– Patrick, j'ai dit.

Je n'aurais pas dû. Ça m'avait échappé. Au moment où je prononçais son prénom, j'ai réalisé qu'il serait obligé de me mettre à mort, maintenant. Boulette. Grosse boulette !

Il a retiré sa cagoule. Au moins, j'ai eu la satisfaction de ne pas m'être trompée.

– Comment tu as deviné ? il a demandé, tellement consterné qu'il en a oublié de reprendre sa voix normale.

– Je suis très physionomiste.

On avait l'air fins, comme ça, tous les deux, franchement. Ça ressemblait à une blague.

Mais une blague pas drôle. Parce qu'il m'avait vraiment enlevée et que le pire pouvait arriver à tout moment. Je me suis dit, une fois de plus, qu'il fallait gagner du temps. Patrick ne semblait pas très pro. La police était peut-être déjà sur ses traces, à ses trousses.

– Je comprends tout, j'ai dit.

C'était vrai, ou presque. Je commençais à deviner beaucoup de choses.

– Tant que vous étiez le seul à savoir qui

avait gagné le million, vous ne pouviez pas m'enlever, on vous aurait soupçonné tout de suite. C'est pour ça que vous avez fait votre petit numéro devant Théo. Vous saviez que son père est journaliste.

– Tout le monde le sait, a confirmé Patrick en s'asseyant sur le canapé moche.

– Dès que la photo de Cha a été publiée, vous aviez le champ libre. N'importe qui aurait pu m'enlever.

– Oui. Il fallait agir vite, parce que pas mal de monde aurait pu avoir la même idée que moi.

Il semblait tout déprimé d'avoir été percé à jour si rapidement par une gamine dans mon genre. J'ai flairé que ça me donnait un petit avantage sur lui. Ni une ni deux, maîtrisant mon dégoût, j'ai pris place à côté de lui sur le canapé.

– Mais enfin, Patrick, pourquoi vous avez fait une chose pareille ? Vous aviez besoin d'argent ?

Il a montré la pièce, les assiettes au mur, la télé.

– Ici, il a dit, c'est la ferme de ma mère. Quand elle a commencé à perdre la tête, il a fallu la mettre dans une maison de retraite. Ça coûte cher. Elle a très peu de revenus, tu comprends ? Elle est veuve. Et moi, je ne peux plus l'aider. La boutique marche mal. Beaucoup de gens arrêtent de fumer. J'ai essayé de vendre la maison, mais ça n'intéresse personne. Alors j'ai eu l'idée de cette… opération.

D'accord, d'accord. Je réfléchissais aussi vite que possible.

– Écoutez, Patrick. J'ai une proposition à vous faire.

Il m'a regardée, comme si j'étais très loin, au fond d'un paysage brumeux.

– Vous allez me ramener chez moi, d'accord ? Je vais dire que je me suis échappée toute seule. Personne ne sait que vous êtes coupable. Vous avez utilisé mon téléphone donc vous ne risquez pas d'être identifié. Et moi, dès que je suis rentrée, je demande à ma sœur de vous verser de l'argent pour votre maman. Pas un demi-million, bien sûr, mais…

Il a levé la main.

– Tais-toi.

J'ai obéi. Sa voix normale ne donnait pas envie de rire.

– Tu te prends pour qui ? il a demandé. Et tu *me* prends pour qui ?

Deux questions intéressantes mais complexes. Je n'ai pas répondu.

Il s'est mis à tourner en rond sur le tapis, comme pour finir de le détruire.

– Je ne change rien à mes plans. Une fois que j'aurai dépanné la vieille, je me tire au soleil. Tu crois que ça m'amuse de vendre du tabac à des bonnes femmes comme ta mère ? Pour un salaire de misère ? Et après, quoi ? Une retraite minable ?

Moi, je pensais que ça l'amusait de discuter avec ma mère. Si elle lit cette histoire, elle sera très déçue. Je vais devoir modifier certains dialogues.

– Dès que ta sœur aura versé l'argent, je prends la tangente.

Je n'ai pas osé lui demander ce qu'il comptait faire de moi, mais la réponse était assez évidente. Je n'aurais jamais dû remarquer sa queue-de-cheval. Peut-être, au mieux, accepterait-il de transmettre ma dernière volonté, que l'on graverait sur ma tombe : « Méfiez-vous des jeux d'argent. »

Triste perspective, je vous jure. Lui-même paraissait remué. Je n'avais plus beaucoup d'idées pour gagner du temps. Pourtant, le temps, à cet instant, c'était vraiment ce qui me paraissait le plus précieux. Le plus cher.

– En attendant, il a dit, je vais t'enfermer à la cave.

Ah. Bon. Au moins, il respectait la tradition. J'allais enfin comprendre intimement ce que ressentaient les victimes, dans les livres de papa.

J'étais en train de me demander si je n'avais pas intérêt, par exemple, à faire une bonne vieille crise de nerfs, à lui mordre la main, à me précipiter dans la nuit en appelant au secours. Ce sont des choses qui se tentent. Après tout, je n'étais pas ligotée, il ne paraissait pas armé, et je me débrouillais, au sprint.

Mais il avait d'énormes mains. Une seule

baffe suffirait à me déboîter la mâchoire. Mieux valait peaufiner mon plan.

Je me suis levée.

La suite a été si rapide et si confuse que, sur le coup, je n'ai rien compris.

Les deux fenêtres ont explosé, livrant passage à une succession d'hommes vêtus comme Patrick. Eux, armés, ils l'étaient. Et lourdement.

Ils se sont rués sur lui et l'ont enseveli sous eux, comme au foot, quand quelqu'un marque un but. Mais ils ne l'ont pas porté en triomphe. Les énormes mains de Patrick ont été cerclées de menottes en quelques secondes.

Un autre homme m'a pris dans ses bras en hurlant : « C'est bon, elle n'a rien ! »

Si, j'avais probablement un tympan détruit mais ce n'était pas le moment de me plaindre.

Et puis Clochette est entrée par la porte, suivie du jeune policier à qui elle avait remis l'enveloppe de billets.

18

Jérémie

Ellipse.

La maîtresse insiste beaucoup sur l'importance des ellipses.

Une ellipse, c'est quand on ne raconte pas quelque chose. En général, parce que ce n'est pas important.

Par exemple, je ne raconte pas tout ce qui a suivi immédiatement l'arrestation de Patrick, ma prise en charge par une docteure qui m'a auscultée puis drapée dans une couverture en aluminium, comme une tablette de chocolat, les mille milliards de questions des policiers, le retour à la maison, mes parents en larmes, moi en larmes, leurs mille milliards de questions.

Rien de palpitant.

Ce que j'avais vraiment envie de savoir, c'était comment Clochette m'avait retrouvée. Parce que c'était elle, à ce que j'avais compris, qui s'était présentée au commissariat juste après mon enlèvement, pour fournir à la police l'identité du kidnappeur. Mais je n'ai pas pu lui poser de questions, dans la sinistre bâtisse. Elle a juste eu le temps de me serrer très fort dans ses bras, puis les policiers nous ont séparées.

J'ai eu le fin mot de l'histoire le lendemain.

Bien entendu, je n'avais pas eu le droit de retourner à l'école, alors que je brûlais d'envie de voir la tête de Théo et de Roxane, quand je ferais mon entrée dans la cour, moi, la pauvre fille à qui jamais rien n'arrive.

Non, j'avais dû rester au chaud. Maman avait pris une journée pour être avec moi, papa n'avait pas mis les pieds dans son bureau, ils ne me quittaient pas d'une semelle, c'est tout juste s'ils me laissaient aller aux toilettes. Sans compter que Cha et Ben nous avaient rejoints. En toute autre circonstance, j'aurais été ravie de cette belle réunion de famille, mais là, j'avais surtout besoin d'air. Et de calme.

Il avait fallu qu'on réexplique aux parents toute l'histoire du million. Il y avait eu des disputes à n'en plus finir. Mes parents ne partageaient pas du tout les vues généreuses du jeune couple. Moi, je commençais à avoir mal à la tête.

– Et le pire, dans tout ça, a dit maman,

c'est qu'on n'est pas en sécurité ! Un détraqué a enlevé Jeanne, ça s'est bien terminé, tant mieux. Mais demain, un autre détraqué, beaucoup plus professionnel, peut enlever n'importe lequel d'entre nous !

Cha a hoché la tête avec calme.

– J'y ai pensé, bien sûr. Et le problème est réglé.

– Réglé ? a demandé papa.

– Oui, j'ai rendu l'argent qui restait. À la Grande Loterie. Ils vont le remettre en jeu. L'annonce a été faite à la télé. Je ne suis plus riche.

– Mais… j'ai dit, toutes les actions qu'on aurait pu…

– Je sais, ma Jeanne. C'est dommage. Mais au fond, un million, c'est une somme dérisoire par rapport aux besoins du monde.

– Oui, oui… Une goutte d'eau, je sais. Un seul avion de guerre coûte…

– Ce n'est pas avec de la charité qu'on changera *vraiment* les choses. Il faut trouver d'autres solutions. Et je suis sûre que tu as plein d'idées. Nous, avec Ben, on retourne dans notre forêt dès ce soir. Et je peux te dire qu'on est soulagés.

C'est à ce moment que Clochette a sonné.

C'est marrant, cette phrase.

Elle a sonné chez nous, comme ça.

Mes parents, au début, n'ont pas voulu ouvrir. Ils se sont regardés, ont tendu l'oreille, se sont regardés à nouveau. Cha et Ben pensaient que c'étaient des journalistes. Ils conseillaient de rester planqués en attendant qu'ils se lassent. Mais Clochette n'est pas fille à se décourager. Elle a carillonné de plus belle.

Finalement, mon père y est allé. Quand j'ai vu la silhouette de mon amie s'encadrer dans l'embrasure de la porte, je me suis jetée dans ses bras. On a pleuré comme une paire de nourrissons.

– Vous vous connaissez ? a demandé papa.

Un peu plus tard, lorsque j'ai eu fait les

présentations et que Clochette s'est retrouvée confortablement assise dans un fauteuil du salon, à siroter le meilleur whisky de maman (on lui avait proposé un thé, mais elle a voulu savoir si nous n'avions pas quelque chose de plus tonique), elle a répondu à toutes mes questions.

– Je me méfiais de ce type, elle a dit. J'ai vu la façon dont il t'a regardée, le soir où on est passées devant sa boutique, en allant déposer l'enveloppe au commissariat.

– Quelle enveloppe ? s'est étonné papa. Quel commissariat ?

– Je t'expliquerai, j'ai dit. Pourquoi tu te méfiais de Patrick, Clochette ?

Elle a haussé les épaules.

– Disons qu'à force je connais un peu tout le monde dans le quartier. C'est mon territoire, tu comprends ? J'étais copine avec sa mère, la pauvre ; elle vendait du bon fromage au marché, et je vais la voir de temps en temps dans son asile. Mais elle ne me reconnaît plus. C'est triste. Son fils, par contre, c'est un vaurien. Toujours dans les combines louches. Je savais qu'il avait des problèmes d'argent.

Maman a proféré une série d'insultes que je préfère ellipser aussi, même si je ne suis pas sûre que le mot existe, puis elle a déclaré :

– Je vais lui faire passer le reste de ses jours en taule.

– Ma chérie, est intervenu papa, tu es la mère de la victime. Tu sais bien que ce n'est pas toi qui jugeras cette affaire !

– Ça, c'est pas un problème. J'ai suffisamment de potes dans la magistrature qui me doivent un service.

– Il t'a traitée de bonne femme, j'ai précisé.

– Eh bien, avec mes amis de l'administration pénitentiaire, on va lui choisir des compagnons de cellule aux petits oignons.

Bon, là, je reconnais que maman, dans la réalité, n'a pas vraiment prononcé ces paroles. Je les ai recopiées dans un livre de papa, *Madame la juge*, où il met en scène une magistrate qui ne mâche pas ses gros mots, qui fume, qui boit, et qui s'arrange avec la loi. Je me demande où il va chercher tout ça. En tout cas, moi, je trouve qu'elles s'insèrent bien dans mon récit, ces répliques. Je les lui pique. Il me doit bien ça.

Clochette a vidé son verre et l'a tendu à maman qui l'a rerempli.

– Où en étais-je ? Oui, donc, quand l'histoire du million est parue dans les journaux, j'ai surveillé un peu le Patrick, au cas où. Je devinais assez bien ce qui pouvait se passer dans sa tête. Ça n'a pas loupé. Hier soir, j'ai vu sa voiture qui se faufilait dans les ruelles où on a l'habitude de traîner, toi et moi.

– Tu as l'habitude de traîner dans des ruelles ? a demandé maman. Je croyais que le soir, après l'école, ton père s'occupait de toi.

– Elle est grande, a balbutié papa. Elle a besoin d'autonomie.

– On en reparlera.

Ça, par contre, maman l'a vraiment dit.

– Bref, a repris Clochette, je suis partie à ta recherche. Quelques minutes plus tard, je l'ai vu passer, à toute blinde. Il portait une cagoule, cet abruti. Et j'ai eu le temps de t'apercevoir, sur le siège passager. J'ai filé au commissariat, prévenir notre ami. Je connaissais l'adresse de la maison de sa mère. Ils n'ont eu qu'à organiser ta libération.

Un lourd silence s'est abattu sur notre petite assemblée. Chacun hochait la tête en cadence.

C'est ma mère qui a repris la parole la première.

– Je suis très heureuse de vous connaître, Clochette. Nous vous devons une reconnaissance éternelle. À toutes fins utiles, je vous signale que nous avons une chambre d'amis. Elle est à votre disposition. Mon mari va vous faire faire un double des clés de la maison.

– Mais…, a dit papa.

– Mais quoi ? a demandé maman.

– Mais rien, a répondu papa.

– C'est très gentil à vous, a répondu Clochette. Mais…

Elle a rougi.

– Mais quoi ? a demandé papa.

– Il se pourrait que Jérémie et moi on ait, disons, quelques projets… Il m'a proposé de venir vivre avec lui et j'ai accepté. À l'essai, disons. Je ne suis pas sûre de le supporter longtemps.

– Jérémie ? j'ai demandé.

– Oui, le policier.

C'était parfait pour mon histoire. Un *happy end*, avec de l'amour et tout.

Oui, bon. Peut-être trop parfait.

Peut-être que Clochette non plus n'a pas exactement prononcé ces paroles. Peut-être qu'elle a juste hoché négativement la tête et répondu qu'elle avait une vie, ailleurs.

Peut-être qu'elle n'a même pas entendu. On ne sait jamais, avec Clochette. Le mieux, c'est peut-être d'inventer.

Donc moi, pour mon récit, je garde la version *love*, avec le beau Jérémie.

Quand elle est repartie, sans raison particulière, j'ai pensé à Théo.

Tout n'était pas encore complètement réglé.

Épilogue

Mes parents ont fini par céder à mes supplications, et j'ai eu le droit de retourner à l'école le lendemain.

Enfin, plus ou moins.

Certes, j'étais censée ne plus être en danger, mais maman a exigé que papa m'accompagne et vienne me rechercher le soir. J'ai protesté, elle n'a rien voulu entendre.

– Et encore, elle a dit, au début je voulais qu'il reste en faction toute la journée devant les grilles de l'établissement, mais j'allège sa peine.

Donc, il est venu avec moi jusque dans la cour de récré. Au départ, j'avais peur d'avoir honte, mais non. Ça s'est très bien passé.

On a discuté tous les deux, tranquillement, tout le long du trajet vers l'école, comme quand j'étais petite. Et c'était encore mieux qu'au moment du goûter, on n'était pas embêtés par le craquement des céréales.

C'était la première fois qu'on se retrouvait seuls, tous les deux, après les *événements.* (C'est ainsi que maman désigne ce qui m'est arrivé. Mon enlèvement-éclair.)

J'ai senti qu'il était gêné.

– Jeanne ? il a demandé.

– Non, papa, je ne t'en veux pas.

– Tu… tu es sûre ?

– Certaine.

– Mais ta mère a raison. Jamais je n'aurais dû te laisser…

– Tu ne savais pas que j'avais joué à la loterie. En temps normal, il n'y avait aucun risque. C'est ma faute, et celle de Théo.

Il a paru infiniment soulagé. Je pensais qu'on s'en tiendrait là. Mais il s'est raclé la gorge. Il avait encore quelque chose à dire.

– Oui, papa ?

– Eh bien… Je me demandais… Puisque tu t'en es bien sortie et que nous ne sommes pas fâchés… Est-ce que tu accepterais que… que je raconte ton histoire dans un livre ? Je manque un peu d'idées, ces temps-ci.

– Ah non, j'ai dit. C'est *mon* histoire. Et ce sera *mon* livre.

– Bon, mais si tu veux que je te donne quelques conseils…

– Pas besoin. Je vais en discuter dès aujourd'hui avec la maîtresse. Elle aussi, elle adore écrire.

Il n'a pas insisté.

Je passe sur mon arrivée triomphale à l'école, sur les cris de joie qui m'ont accueillie, sur tous les copains qui m'ont serrée dans leurs bras. Je me suis dit que c'était agréable. On devrait faire plus souvent des triomphes aux gens. Pas seulement quand ils réchappent d'un rapt.

Je passe aussi sur le discours de la maîtresse,

sur le débat qui a suivi. On nous a informés qu'une psychologue viendrait passer quelques jours à l'école pour écouter ceux qui le souhaitaient, à commencer par moi. Pourquoi pas ? J'adore qu'on m'écoute. C'est pour ça que je voulais l'écrire, ce livre.

Mais celui qui avait le plus besoin d'être écouté, d'être écouté par moi, c'était Théo.

Au début, je ne lui ai pas vraiment parlé. Il se tenait à distance, me regardant à la façon d'un chiot dans un refuge, prêt à tout pour qu'on l'adopte.

Je savais très bien qu'il se sentait coupable. Et, de fait, il l'était. Je voulais le punir un peu en lui refusant l'entretien privé dont il avait besoin.

Donc j'ai passé la récré du matin avec mes copines, j'ai déjeuné avec elles, et je leur ai raconté mille fois, de mille façons différentes, tout ce qui s'était passé avec Patrick le Prédateur. Parfois, j'avoue, j'ai ajouté un ou deux détails. C'est la liberté de la romancière.

Je l'ai équipé d'un couteau, décoré de cicatrices et affublé de longs ongles. Peut-être même que c'est à ce moment-là que j'ai eu l'idée d'appuyer une cisaille contre la façade de la sinistre demeure. Quand j'ai parlé de ses dents jaunes et sales, Lilou a failli se trouver mal.

Finalement, j'ai accordé à Théo son entrevue pendant la récré de l'après-midi. Il n'en pouvait plus. Toute la journée, il s'était tu, incapable de travailler, de manger. C'était tout juste s'il s'était réfugié une ou deux fois dans son buisson pour guetter des annonces. Roxane pareil. Pincée, mutique, lointaine, prête à ne pas répondre, au cas où quelqu'un lui adresserait la parole.

Quand je les ai vus tous les deux assis sur leur muret, délaissés, malheureux, à la pause de 15 heures, estimant qu'ils étaient suffisamment punis, je les ai rejoints.

– Salut, j'ai dit.

J'ai failli ajouter: «les amoureux», comme d'habitude, mais je me suis tue à temps. Inutile de les provoquer. Roxane a esquissé un mouvement pour nous laisser seuls mais je l'ai retenue.

– Ben non, reste, si tu veux.

Elle est restée et, inexplicablement, ça m'a fait plaisir.

– Théo, j'ai dit en le regardant dans les yeux, je voulais te dire que je ne t'en veux pas. Tu m'as trahie, tu t'es montré stupide, puéril, tu as mis ma vie en danger, tu m'as fait vivre les minutes les plus traumatisantes de ma vie, tu as failli tuer ma sœur et mes parents, mais ça va, je te pardonne.

– Sympa, il a dit.

– Par contre, ton père, il va me falloir un peu plus de temps. C'est un adulte, lui. Il est censé avoir un minimum de jugeote.

– C'est un journaliste, a rétorqué Théo. Il n'a fait que son métier.

Il y a eu un silence. Une rage folle m'a envahie. Il n'y a vraiment que lui pour me mettre dans des états pareils. Et moi, quand une rage folle m'envahit, je fais peur. Je n'aimerais pas être à la place des autres, dans ces moments-là : je gonfle, je deviens rouge piment, mes yeux se dilatent et je transpire du front. Théo a dû comprendre qu'il avait eu tort de défendre son paternel.

– Non, pardon, il a dit. Je… je m'excuse. Ne te fâche pas.

– Elle a raison, a dit Roxane.

De l'entendre, ça m'a dégonflée net. La surprise, sans doute.

– Quoi ? a demandé Théo.

– Ton père s'est comporté comme une andouille. Toi aussi. Et moi aussi.

Roxane, maintenant, me regardait dans les yeux, avec un sourire timide. Incroyable ! J'ai repensé à son attitude, depuis le matin, à sa mine boudeuse. Je l'avais mise sur le compte de l'arrogance. Je m'étais peut-être trompée.

Roxane a remué nerveusement le pied, comme une petite fille inquiète. J'étais mal à l'aise. J'ai horreur des grandes scènes de réconciliation, dans les films. J'aime bien détester Roxane. Mais si elle continuait à me sourire ainsi, ça risquait de devenir difficile.

– Oui, bon, j'ai dit, n'exagérons rien. Tu n'as rien fait de grave. Tu t'es juste montrée superficielle, écervelée, jalouse et manipulatrice. Il y a pire, franchement.

À ce moment, malheureusement, elle a éclaté en sanglots. Sans la moindre raison.

– Rox…, a murmuré Théo. Ne pleure pas.

– Il aurait pu te tuer…, a réussi à articuler « Rox », en se mouchant.

J'étais sidérée. Elle ne pleurait pas sur son sort. Elle pleurait pour moi ! Sa pire ennemie !

Je me suis approchée, gênée, je lui ai posé une main sur l'épaule, et j'ai hasardé une petite blague, histoire de dédramatiser :

– Ben, ça t'aurait arrangée, non ? Tu aurais eu le champ libre avec Théo.

La réponse a fusé, cinglante :

– Théo ? Mais j'en ai rien à faire, de Théo !

Lui, il a accusé le coup :

– Mais… Rox…

– Et arrête de m'appeler Rox ! Ça fait chien !

Elle n'avait pas tort.

J'étais dépassée par la situation. Pourquoi passait-elle son temps avec Théo s'il lui était indifférent ?

Comme si elle lisait dans mes pensées, elle a expliqué :

– C'est avec toi que j'ai envie d'être copine. Depuis que je te connais.

– Moi ? Mais je croyais que…

– Tu croyais n'importe quoi. Tu m'as jugée dès que tu m'as vue. La fille riche, prétentieuse. Je sais ce que tu penses, ce que pense ta sœur. Tu t'es fait une image fausse de moi. Une caricature. Parce que mes parents ont de l'argent. Moi, j'étais la superficielle, et toi celle que tout le monde admirait parce qu'elle avait le courage d'être *elle-même*. Tu ne m'as jamais regardée, ni écoutée, même quand j'ai essayé de te parler.

J'ai voulu protester mais je me suis rappelé,

soudain, très vaguement, un ou deux moments où Roxane avait, en effet, tenté une approche. Un rapprochement. L'année dernière en cours de gym et une autre fois, pendant une sortie scolaire. Mais je n'avais pas été sympa avec elle, c'est vrai. Pas du tout. Je lui avais envoyé quelques vannes pour faire rire mes copines. Ça avait bien marché. Roxane n'avait pas insisté.

– C'est pour ça…, j'ai demandé, que tu es allée vers Théo ? Et que tu lui as offert ces godasses immondes ? Pour te venger ?

– Quelles godasses immondes ? s'est étonné Théo.

– Oui, a avoué Roxane. J'ai vu que ton meilleur copain s'intéressait à moi. Je me suis dit que ça pouvait t'atteindre. J'ai foncé.

– Elles sont très chouettes, ces chaussures, a dit Théo.

– Elles sont immondes, a répliqué Roxane.

La sonnerie a retenti. Fin de la récré.

Nous sommes rentrés en classe, et je n'ai

rien écouté de ce qu'a dit la maîtresse. Elle a supposé que c'était à cause du traumatisme lié à mon enlèvement, mais, en fait, je ne pensais qu'à Roxane, à tout ce qu'elle m'avait dit. J'ai reconsidéré mon attitude depuis qu'on se connaissait. Ça fait très bizarre de se regarder sous un autre angle. J'avais toujours été persuadée d'avoir raison. C'est difficile, très difficile de porter sur soi-même un regard critique. Peut-être que cette histoire va m'y aider.

Quand Roxane, qui devait sentir que je la regardais depuis le fond de la classe, a tourné la tête vers moi, je lui ai souri.

Théo, lui, a étudié tout le temps ses chaussures, d'un air dégoûté.

À la sortie de l'école, mon père m'attendait. Ça m'a fait très plaisir de le voir. J'ai couru vers lui et je lui ai pris la main.

– Alors, il a demandé, tes cours sont terminés ?

– Oui, papa.

– Bon. Tu as appris des choses intéressantes ?

– Oui. Vraiment.

– Formidable ! Sur quel sujet ?

– L'humanité, je dirais.

– Ah. Vaste sujet.

On est partis, tous les deux, main dans la main, et on a discuté du vaste sujet de l'humanité. Je crois que j'adore ça, les vastes sujets. Et ça tombe bien, parce qu'il y en a des tas.

Des tonnes.

Des millions.

J'ai demandé à papa si on pouvait faire un détour par la papeterie. Il me fallait du matériel pour écrire mon histoire.

– Je peux payer, j'ai dit. J'ai toujours de l'argent dans ma tirelire.

– Tu plaisantes ? Je t'offre tout ce que tu veux. Allez, ma belle, choisis ce qui te fait plaisir.

Alors j'ai pris un très beau cahier à couverture en cuir – du cuir en plastique, je pense, mais très bien fait – à tranche dorée, avec d'épaisses pages beiges qui donnent envie de s'enrouler dedans. J'ai choisi un magnifique stylo-plume décoré de chats multicolores, des feutres pour écrire en couleurs les passages importants, et d'autres feutres pour les illustrations.

Lorsque la vendeuse a annoncé le prix à papa, il a dit que, finalement, on allait payer la moitié chacun, que c'était important que je prenne en charge une partie de mes frais, pour me responsabiliser.

Le soir, je me suis mise en tenue de travail pour écrire – mon pyjama préféré –, je me suis assise en tailleur sur mon lit, j'ai suçoté mon stylo-plume et, en m'appliquant énormément, j'ai écrit : « Le début. »

Du même auteur à *l'école des loisirs*

Collection Neuf

Journal d'un nul débutant
Mes parents sont dans ma classe
Mon stress monstre
Le grand fauve
Mon cher ami

Série Le journal de Raymond le démon

1. *Où est le mal ?*
2. *Un bien fou !*

Collection Médium

Cupidon power

Collection M+

La nébuleuse Alma